JN191193

わたし、異世界で癒しの聖女になったらしいです

キリル
ギギに命を救われた元刺客。
クールな性格だが、
ギギに対してのみヤンデレに豹変。
ギギを自分のものにする日を夢見ている。
ギギ
ビエルイ王国の第十九王女。
前世では、保育士をしていた。
子どもが好きで、
かたっぱしから孤児を拾い愛でる毎日。
登場人物紹介

ザウル
北トリサ族の長。
単細胞で俺様な
パワハラ族長。
ヴィルカ
北トリサ族族長の次男。
明るく陽気な美青年。
隙あらばギギを口説く。
シューラ
バシリエフ子爵家の子息。
ひょんなことからメイド姿に。
戻るタイミングを失い
メイド姿で日々を送る。
アルセニー
東トリサ族の次期族長。
紳士的で真面目な好青年。
ヴィルカの従兄弟。
リザ
ギギの妹で第三十王女。
しっかり者で元気な女の子。
裁縫の腕はピカイチ。

プロローグ

王都の中心を南北に貫く大通りを抜けると、入り組んだ細道が現れる。その奥には、スラムと呼ばれる場所があった。

抜けるような青空の下、その一帯だけが埃っぽく、くすんで見える。

ギギは目深に被った灰色のフードから顔を出し、背後に控える……いや、覆い被さりながら抱きしめてくる、氷の彫像みたいに整った容貌の青年に怒鳴った。

「ちょっと、キリル！　子供の前でそういうことしないで」

しかし、美貌の青年――キリルは、澄んだ紫色の瞳でギギの顔を覗き込み、満足そうに口の端を上げるだけだ。真っ直ぐな銀髪が、乾いた風を受けてさらさらと揺れている。

「俺が子供だった時は、お前から抱きつかれても軽く受け流していたが？」

「今と昔じゃ話が違うから！」

大きな声で抗議したギギは、ふと我に返って当初の目的を思い出す。彼とじゃれている場合ではないのだ。真剣な表情を浮かべて、スラムの外れにある露地の隅へ視線を移す。

（いけない。今は、この子を保護しなきゃ）

ギギのすぐ前には怪我をしている少女が、体を震わせながらしゃがんでいる。年齢は十歳にも満たないくらいで、体が弱っており立ち上がることさえままならないようだった。

だが、その瞳には強い光が宿っていて、まだ生きることを諦めていないのだと感じさせる。その意志のおかげで、彼女はここまで持ちこたえたのだろう。

子供好きなギギとしては、道端で弱っている子供を放っておけない。目の前で死にかけているなら尚更だ。

「大丈夫？　……な状態じゃないわね。すぐに怪我を治さなきゃ」

少女の腕には大きく抉れた傷があり、そこが茶色く膿んで腫れ上がっている。ろくに手当てもしないまま、ずっと傷を放置していたからだ。

広い王都の外れにある、貧しい者たちが暮らすスラム街。少女はそこの孤児だった。

スラムに住む破落戸に物乞いとして働かされていた彼女は、先日その男に大怪我をさせられ、一人で逃げてきたのだという。男は少女の稼ぎが少ないので、より多くの収入を得られるよう、腕を切り落とそうとしたらしいのだ。

というのも物乞いは、成人男性よりは老人や子供、健康な者よりは怪我人や病人の方が小銭を恵んでもらいやすい。

そのため、破落戸の中には、世間の同情を引くためにわざと彼らに怪我をさせる者もいる。

もちろん、その怪我がもとで命を落とすこともあった。破落戸は物乞いに怪我をさせることはあっても、治療など一切施さないのだから。

（怯えているわ……）

こんな場所に一人きりで、不安だったに違いない。

近くの壁に少女をもたれさせ、ギギは優しく話しかける。

「今までよく頑張ったわね。私はギギ、あなたの味方よ。痛むだろうけど、腕を見せてちょうだい」

おずおずとこちらを見ていた少女は、ギギの青い瞳に敵意がないことを悟ったのだろう。大人しく怪我をしている腕を差し出した。

ギギが少女の腕を確認すると、膿の一部が、彼女の纏っているボロ布の袖を巻き込んで固まってしまっている。普通に剥がすのは難しい。

周囲にキリル以外の人間がいないことを確認したギギは、そっと少女の腕に手をかざした。治癒魔法を施すためだ。

（せーのっ！）

患部に手を当てて集中すると、そこから温かな光が漏れ、少女の腕を包み込むように広がっていく。すると徐々に膿が消え、パンパンに腫れていた腕が元に戻り、傷も塞がった。

「うわぁ……」

少女は驚きの表情を浮かべ、傷があった箇所を凝視する。そのまま反対の手で腕をさすったり、光にかざしてみたりして、本当に治ったことを確かめていた。

「凄い、治ってる。魔法が使えるなんて、あなた何者なの……？」

キラキラと目を輝かせて尋ねる少女に、ギギは微笑んだ。

「秘密。この魔法のことは、他言無用でお願いね」

ギギの頼みに、少女は素直に頷く。

それから少し休むと、少女は血色が良くなり、立ち上がれるまでに回復した。それを確かめたギギは、彼女に再び話しかける。

「あなた、これからどうするの？」

ギギの問いに少女は暗い顔をしながら答える。

「……スラム街でどうにか生きていくつもり」

彼女の話から考えるに、少女が今後も城下で暮らしていける可能性はゼロに等しかった。

家族はおらず、破落戸のもとには戻れず、他に行き場もない。幼い少女では、まともな仕事に就くことも難しい。

「……ここで放り出すことはできないわね」

そっと後ろを振り返ると、キリルがわかりやすく肩を竦めた。何を言いたいかが伝わったようだ。

「キリル、この子を孤児院へ連れていくわ」

「だと思った。外出するたびに子供を拾って。これで何人目だ？　そんなことをしてもキリがないぞ」

「キリがないことは理解してる。でも、目の前に可愛い子供がいて、その子が困っていたら放っておけないでしょう？」

ギギがそう口にして眉尻を下げると、キリルは何も言わず、孤児院のある方向へ歩き出した。ギギギも、少女の手を引いてスラムから石畳の敷きつめられた大通りに向かう。

そこからさらに東へ進むと、くすんだ緑の屋根の、壁に何度も補修された跡がある建物が見えてきた。ここは王都に一番近い孤児院である。

ギギは身寄りのない子供を見つけては、この孤児院で保護してもらえるようかけ合っていた。その代わり、定期的にできる限りの寄付をしている。

それだけではなく、ギギは子供たちの教育に力を入れたり、就職を斡旋したりするなど、彼らが将来食べるのに困らないよう援助していた。

おかげで、孤児院を出た後も比較的条件のいい仕事に就ける、優秀な子供が多い。

門の中に入ると、外で遊んでいた小さな子供たちが走り寄ってきた。

「あーっ！　ギギ様だ！　……キリルもいる」

子供たちがギギの周りにわらわらと集まり、笑顔を見せる。

彼らの中にも、ギギに死にそうなところを助けられた子供が沢山いる。そんな経緯もあって彼らはギギに懐いていた。だが、キリルがギギと四六時中一緒にいるのが面白くないらしく、彼に対しては少々冷たい。

「ギギ様、この子は？」

孤児院の子供たちは、ギギの隣で所在なげに佇む少女に興味津々といった様子で目を向ける。

「新しいお友達よ」

ギギがそう言うと、子供たちは、連れられてきた少女の方に群がった。

「ねえ、遊ぼう！」

　突然大勢の子供に囲まれた少女は、困惑してギギの後ろに隠れる。

「院長先生に挨拶してからね」

　代わりに答えたギギが、少女を連れて建物の中にいる院長を呼んだ。

　しばらくして、白いフリルつきのエプロンを着た悪人顔の中年男性が姿を現す。筋肉質な浅黒い腕を組み、ゴキゴキと首を鳴らしながらやって来た人物を見て、顔を強張らせた少女がまたギギの背中に隠れた。

「ギギ様、またあんたか……」

　渋面の彼に向かって、ギギはゆったりと微笑む。

「そうなのよ、院長先生。いつも、ありがとう」

　ギギの後ろでキリルが「うわ、笑顔で押し切った……」と呟いている。それをギギはあえて聞こえないふりをして流した。

　とはいえ、院長も孤児院で働いているだけあって子供好きな人物だ。顔つきはともかく、子供思いな、ギギの同志である。院長は怯える少女の目線の高さまでしゃがむと、傷のある顔をほころばせた。

「わかった。うちで預かろう」

　少女は震えつつも、おずおずと院長へ手を伸ばした。何となく、自分を害する存在ではないと思ったようだ。

「助かるわ」

無事に子供を院長に預けたギギは、諸々（もろもろ）の手続きを済ませて孤児院を出る。

大通りまで戻ると、隣を歩くキリルに向かって言った。

「付き合わせちゃってごめんなさいね、キリル。帰るのが遅くなってしまったわ」

「いつものことだ、気にするな。おかげで王都の孤児院は常に満員御礼状態だぞ」

「その辺は院長が上手くやってくれているわよ。預かった子供を人数の少ない他の孤児院へ移動させたり、里親代わりになりそうな人を探したりね。最近は、優秀な人材として卒院と同時に引き抜かれる子も出てきているのよ？」

ギギがそう話していると、男性にしては白くてきれいな指がそっとギギの頬に触れる。その指は徐々に顔の中央へと移動し、ギギの唇をするりと撫（な）でた。慣れない感覚に、ギギは身じろぎする。

「んっ……キリル？」

驚いて体を離すと、彼はため息をつきながら言った。

「今は子供の前じゃないから大丈夫だろう？　他人の面倒ばかり見て、少しは俺にも構って欲しいものだ」

文句を言いつつもたれかかってくるキリルを見て、ギギはピンと来る。

「そっか、キリルは私が他の子ばかり構って寂（さび）しかったのね！　いくら十六歳になったからって、やっぱりまだまだ甘えたいわよね。もう可愛いんだから！」

少し背伸びして、キリルの髪を両手でワシャワシャと撫（な）でると、彼はあからさまに顔をしかめた。

「そうじゃない！　いい加減、俺を子供扱いするのは止めろ！　第一、あんたのほうが俺より一つ歳下だろう!?」

王都の中心でギギの両頬を押さえながら、キリルが抗議の叫び声をあげる。

ギギはそんなキリルを愛おしげに見つめて、彼と出会った当時を思い返した。

1　北の国の離宮では

一年の三分の一は国土が雪に覆われている、大陸の北端に位置する広大な国、ビエルイ王国。

かつては様々な部族が点在していたこの地を、ビエルイの初代国王が統一し、現在の形になったと言われている。建国の際、国王のもとで尽力した部族が貴族となり、それ以外の部族は自治を許され辺境の守護を任された。この状況が長年続いている。

しんしんと降り続ける雪が王都を真っ白に染めた冬のある日、ギギはビエルイ王国の第十九王女として生を享けた。金髪碧眼に色白という王家の特徴を受け継いだ、ありきたりな容姿で。

王女であるギギを取り巻く環境は万全とはいかず、どちらかというと厳しい状況にあった。

身分の低い第十王妃の母はもともと商家出身のメイドで、全王妃の中で一番の下っ端。その上、生まれた子供が十九番目の王女という点でお察しだ。二年後に第二十王女として妹のリザが生まれたけれど、男児を産むことはなかった。

ギギたちの存在は半ば忘れ去られ、王宮の隅（すみ）っこにある小さな離宮でひっそりと生きてきた。何とか無事に育ったのは、下っ端すぎて権力争いとまったく無縁だったからだろう。

そして、ギギに前世の記憶があることも大きいかもしれない。

前世のギギは、大家族の長女で保育士だった。とにかく子供が好きで好きでたまらず、毎日楽しく職場に通っていたのだ。

ところがある日、近所の公園の前を通りかかった時、幼い子供が道路に飛び出し、その子めがけて猛スピードで走ってくる単車を目撃した。

「危ない！」

何も考えずに走り出したギギは、体に強い衝撃を感じたのを最後に、意識を失った。

おそらくその子供を庇（かば）ったせいではねられ、死んでしまったのだろう。気づけば赤ん坊として、今の世界に生まれ変わっていた。

今世でも子供好きは健在で、先日十歳になったギギは、幼い妹のリザをメロメロに甘やかす毎日だ。

「リザちゃ〜ん、もう寝る時間よ〜。夜更かしは成長に悪いわよ〜♪」

こんな調子で毎日世話を焼いているのだが、過保護すぎて最近ちょっとウザがられている。

自分でもやりすぎかなとは思っているのだけれど、どうにも止められない。

（だって可愛いのだもの）

前世のことを考えながら、ギギは目の前に立つ妹の頭を撫でまわす。

「お姉様は、毎日毎日過保護すぎです……！　言われなくても、ちゃんと寝ますの！」

ぷりぷり怒りつつギギの手から逃れると、幼いリザは自分の寝室へ消えていく。

（リザちゃんも、もう八歳だものね。反抗したいお年頃なのかしら……でも、寂しい）

せめて妹か弟があと一人いれば、リザいわく「重すぎる」愛情が分散できて良かったのかもしれない。ギギはそう考えた後、ゆっくりと首を横に振った。

（いいえ、やっぱりこの愛の大きさは、妹や弟が何人いても変わらないと思うの）

一人リザへの愛を再確認していると、背後から声がかかった。

「あらまあ、リザちゃんったら。最近怒りんぼさんですわねぇ？　ギギちゃんも、子供なんだから早く眠らないといけませんよ？」

おっとりと語りかけてくるのは、ギギたちの母で第十王妃のポリーナ。

大きな商家の三女に生まれた彼女は、昔から少々ぼんやりしたお嬢様だった。

ぽやぽやしている間に行儀見習いとして王宮で働くことが決まり、ぽやぽやしている間に王に目をつけられ第十王妃になり、二人の子をなして今も同じ調子で生きている。

けれど、そんな敵を作らないポリーナの性格は、蹴落とし合いの絶えない王宮で彼女自身を守っていた。

複数いる王妃たちはいつも競い合っているが、ポリーナをあからさまに攻撃してくる者はいない。

第十王妃のポリーナを失脚させたところで大した利は得られないためでもあるけれど、のれんに腕押し状態なのが馬鹿らしくなってくるようだ。

とはいえ、他の王妃や兄弟が、ポリーナやギギたち姉妹を小馬鹿にしてくることは稀にあった。

腹が立つことこの上ないが、彼らがギギたちを馬鹿にするのは、身分以外にも理由がある。それは、ギギとリザが使える魔法の種類だ。

この世界には、妖精族、龍族、人間族という三つの種族が存在し、それぞれに特性がある。妖精族は小柄で魔法が使え、龍族は頑丈な体と強大な力を併せ持つ。人間族は何の能力も持たないものの、集団行動に優れており数が多い。

しかし、時代と共に徐々に他種族は姿を消し、今は人間族ばかりになってしまった。

そんな中、ビエルイ王国の王族や貴族は妖精族の血を引いていて、それ故に魔法が使えると言われている。魔法あっての支配階級なのだ。

そして、この国は「攻撃魔法こそが至上」という文化。それがほとんど役に立たない程度でも、王族としてのステータスを示す重要な要素になっている。例えば、王太子である兄は微力ながらも風の攻撃魔法が使え、正妃は炎の攻撃魔法が使える。他の妃や兄弟も、威力はともかく何かしらの攻撃魔法が使えるのだ。ちなみに、国王は静電気を起こす程度の雷の魔法が使える。けれど――

攻撃魔法の質は、代を経るごとに明らかに落ちていた。

八代目の現ビエルイ国王の魔力は、強力な攻撃魔法の使い手と崇められた初代から見ればかなり劣っていた。

魔力を持たない人間との結婚を繰り返すことで、妖精族の血が薄まったためと言われている。

もちろん、国王である父の血を継ぐギギとリザも魔法を使うことができる。しかし、二人が使える魔法の種類には問題があった。

ギギが使える魔法は他人の怪我などを治す治癒魔法、リザが使えるのは受けた衝撃を弱める防御魔法だ。攻撃魔法が使えないギギたちは、他の王族から見下されているのである。

しかし、その評価が変わる可能性が出てきた。

というのも今、ビエルイ王国は、近隣の国と緊張状態にある。経済も文化も停滞しているこの国が発展するためには、他国に戦争をふっかけて勝利し、色々略奪するのが手っ取り早い。現状、開戦案は保留になっているが、ギギが治癒魔法を使えることがわかれば、戦に踏み切り問答無用で利用されるかもしれない。

人が一度に使える魔法は、体内に流れる魔力の量によって決まっているそうだ。それを超えて魔法を使うと、最悪死に至るらしい。

冷血といわれる国王なら、魔力量など考慮せずにギギの力を限界まで利用し、使い捨てるに違いない。

防御魔法を使いこなすリザも、同様に戦に使われる恐れがある。

そよ風程度の風魔法や、弱い水鉄砲並の威力しかない水魔法、ライター代わりにしかならない火の魔法――そんな役に立たない攻撃魔法よりも、ギギとリザの魔法の方が戦において利用価値があるのだ。

良いように利用されたくないので、ギギは自分たちの力を過小報告している。

だから、他の兄弟たちは、ギギの魔法は擦り傷を薄くする程度の力しかないし、リザの魔法はものにぶつかった時の衝撃が多少ましになる程度だと侮っていた。

とはいえせっかく兄弟として生まれたのだから仲良くしたいと、何度か彼らと交流を試みたが、結果は芳しくなかった。そのため、今はつかず離れずの距離で静観している。これが一番平和でいい。現在、ギギたちは後宮の外れにある古い離宮で暮らしているため、兄弟と顔を合わせる機会も減った。

ギギは先日十歳を迎え、実行したいことに体が追いつくようになった。そんなギギにとって、余計な邪魔の入らない離宮での生活は都合の良いものだ。今ではスラム街で子供を拾っては離宮で育てている。前世では不完全燃焼に終わったが、今世ではリザを始め子供たちに惜しみない愛を注いでいるのだった。

※

ある秋の日の真夜中、静かな暗闇に包まれた自室の寝台で、ギギは奇妙な気配を感じて目覚めた。

(いつもは、こんな時間に起きたりしないんだけど)

どうしてかはわからないが、妙に胸がざわついて落ち着かない。

不審に思って寝台から身を起こすと、窓の外で何か重いものがドサリと落ちた音がした。

（動物でも来たのかしら？　でも、少し違うような……）

寝間着のまま明かりを持って外の様子を見に出ると、全身に染みるような寒さに襲われた。

まだ季節は秋だが、夜中や早朝はかなり冷えるのだ。

後宮の回廊には夜でも明かりが灯されているものの、この離宮にそんなものはなく、夜は文字どおり真っ暗となる。

月の光のない、静寂に満ちた夜の庭を歩き、ふと見上げたところ、ギギは一箇所だけ不自然に屋根が凹んでいる場所を発見した。ちょうどその凹みの真下あたりをランプの明かりで照らしてみると、黒い小さな塊がもぞもぞと蠢いている。

「ひっ……!?」

ギギは驚いて、思わず後ずさった。よく見ると小さな塊は黒ずくめの格好をした少年で、周囲の土が流れ出た血で少しだけ黒く濡れている。

（怪我をしてる。それに、まだ子供だわ）

単に屋根から落ちた傷というわけではなさそうだった。離宮は平屋なので、そこから落ちたぐらいではここまで出血しないはずだ。

「大丈夫!?　立てる？」

慌てて駆け寄り子供を抱き起こしたが、ぐったりとしていて反応がなく、体も冷たい。

（これは、危険だわ……早く部屋で手当てしないと）

ギギは「ふんぬっ！」と気合を入れて子供を担ぐと……いや、担ごうと思ったが無理だったので、

肩に少年の腕を引っかけて夜の庭を引きずっていく。

小さな体で少年を背負うのは苦しいが、文句は言っていられない。このままでは、出血多量と寒さで死んでしまう。

(怪しい点も多いけれど、子供は子供。守るべき存在だわ)

こんな夜中に放置しておくなんて鬼畜の所業は、子供好きなギギにとって言語道断だ。

ようやく部屋に連れ帰って寝台に寝かし、フードを取ると、淡く輝く銀色の髪を持つ少年が顔を出す。長い睫毛に縁取られた目は閉じたままだが、恐ろしいほど整った顔立ちをしていることがわかった。

「きれいな男の子ね。今の私と同い年くらいかしら?」

少年の美しさに感心しながら汚れた衣服を剥ぐと、全身傷だらけの体が現れた。

出血箇所は複数あり、いずれも刃物による切り傷や刺し傷と思われる。ギギはその痛々しさに思わず顔をしかめた。

(酷いわね……)

特に背中は刃物でざっくり切られているようで、傷口からは今も止めどなく血が溢れていた。

(こんな時の治癒魔法!　王族で良かった!)

ギギの使う魔法なら、そこそこ大きな傷も塞ぐことができる。過去に妹のリザがかなり酷く足をくじいた時も、ギギの魔法で一瞬にして治ったのだ。威力の弱い攻撃魔法よりも、治癒魔法の方が余程日常生活の役に立つとギギは思っている。

ギギは少年の傷口にそっと手をかざし、治癒魔法をかけた。しばらくすると、治癒魔法の甲斐あって少年が目を覚ました。

「……ここは？」

かなり警戒した様子で周囲を見回す彼の様子に、ギギの胸が痛む。この少年は、今までずっと気を張りつめて生きてきたのではないだろうか。

(可哀想に、あんな怪我までして。それに、この子が着ていた黒い服……)

ギギは少年の正体に見当がついていた。

彼は王宮に送り込まれた刺客に違いない。依頼者や元締め、標的まではわからないが、おそらく任務に失敗し怪我をして、逃げている最中に屋根から落下したと思われる。

(それにしても、こんなに小さな子供が刺客として雇われているなんて。おかしいわね)

この程度の年齢では難しい任務はまだこなせず、失敗のリスクを負うだけだろう。王宮での仕事は最も難しい部類に分類されているので、十歳そこそこに見える彼は、本来もっと簡単な任務に回されるはず。

怪我をしているし、特別な能力など持たない普通の子供に見えるが、きっと優秀なのだろう。

観察していると少年と目が合った。吸い込まれそうなくらい透き通った紫色の瞳が、じっとギギを見つめている。

(緊張しているわね)

ピリピリした空気を和らげるため、ギギは微笑みながら少年に話しかけた。

「もう大丈夫よ。怪我は治したし、この建物内には追っ手も来ない。ゆっくりするといいわ」

ギギたち親子の住まいは、後宮の奥深くにポツンと建っているボロい離宮。人の出入りはほぼない寂れた場所なのだ。

しかし、少年は警戒を解かずにギギを見据え続ける。その様子にギギは内心ため息をついた。

(刺客の子だもの、無理もないわね)

彼のような子供の多くは、貧しい親に売られた末に刺客として育て上げられるという。刺客たちの元締め組織の環境は悪く、その中で子供たちは危険な仕事をやらされているのだ。

また、組織では、簡単に他人を信用するなという教育が徹底されている。

「任務に失敗したの？　戻るところはある？　ないならここにいるといいわ」

「…………」

ギギが優しく声をかけると、少年は何も話さずそっぽを向いた。人形みたいに表情が動かないのは、刺客として訓練を受けたからというだけではなさそうだ。

刺客事情に詳しいわけではないが、この周辺の組織の情報なら多少は耳に入ってくる。

王女という身分は、良くも悪くもそういったものに関わりがあるのだ。ギギたち家族は直接接触したりしないが、後宮内ではしばしば王妃や王子、王女が刺客を送り合っている。

(……刺客って、たしか任務に失敗して組織に逃げ戻ったり、怪我をして使えなくなったりしたら処分されるのよね。替えの利く子供なら尚更だわ。この子を絶対そんな目に遭わせたくない)

ギギは、この小さな少年を守ると決めた。

「小さな」といっても、今のギギと同じ年齢――十歳くらいなのだが、そんなことは関係ない。ギギにとっては可愛い可愛い子供なのだ。

「私はギギ。あなたのお名前は？」

「…………」

ギギの問いに、少年は無言でツンと顔を逸らした。

「ないのかしら？　じゃあ、私が素敵な名前をつけてあげ――」

「……っ!?　キリルだ！」

名づけを全力で拒否したいのか、少年はギギの言葉を遮り自分の名前を叫んだ。僅かに彼の氷のような目に動きがあったように感じられる。

「そっか。キリルくんだね」

ギギは優しげに語りかけるものの、彼の態度は素っ気ない。そして、名乗ったことで全てを諦めた投げやり感も漂わせている。

「気持ち悪いから呼び捨てでいい」

そうはき捨てたキリルは冷静な表情を崩さないものの、声は本気で嫌そうだ。「気持ち悪い」という言葉にショックを受けつつも、ギギは自分に言い聞かせる。

（めげちゃ駄目。これくらい、良くあることよ！）

年頃の男の子の中には、照れからか、暴言をはく子が多いのだ。

気を取り直したギギは、キリルに簡単にこの場所のことを説明する。

「ここは後宮の外れにある私の住まいよ。あなたの傷は塞がったけれど、体力や気力まではすぐに治せないの。今日はここで休みましょうね」

説明するそばからヨロヨロと不安定な足取りで部屋を出ていこうとするキリルを、ギギは無理矢理着替えさせ、風呂に入れてベッドに寝かす。

羞恥に頬を染めた彼から何度か罵声が飛んできたが、本調子ではないようで抵抗の力は弱々しい。十歳のギギでも何とかなった。

（けれど、放っておくと、この子は離宮を抜け出しそうね）

脱走を警戒したギギは、キリルをぎゅっと抱きしめて横になる。その行動にビックリしたのか、彼の動きが止まった。紫色の瞳が不測の事態に揺れている。

「お、お前……一体、何の真似だ!?」

困惑して狼狽える彼の声は、微かに震えていた。ランプの明かりに照らされた少年の顔に目を向けると、彼の瞳孔が縦に伸びている気がする。けれど、ギギは光の加減か何かだろうと気に留めなかった。それよりも、キリルのあまりの動揺ぶりに自分まで恥ずかしくなってしまう。

「ほ、ほら。人肌って安心するでしょう？　落ち着けるかなと思って。あと、逃亡防止」

「――っ！　だからって、男に抱きつく奴があるか！」

わかりやすく頬を染めたキリルの速い鼓動がギギにも伝わってくる。そんな彼の様子に、ギギは小さく噴き出した。

「はいはい。キリルは可愛いわねえ、よしよし」

「……放せ」

心底嫌そうな素振りを見せるものの、キリルはギギの腕を振り払わない。きっと彼が死に物狂いで抵抗してきたら、ギギの押さえ込みなど何の意味も持たないのに。

ギギは彼を抱きしめたまま囁いた。

「安心して。私は何があってもあなたを守るから」

その言葉に嘘はない。一度守ると決めた以上、ありとあらゆるものを使って彼を保護し、幸せになってもらえるよう努めるつもりだ。成り行きとはいえ、それが保護した者の務めだと思っている。

外からは、時折ビュウビュウと寒そうな風の音が聞こえてくる。言い合いを繰り返すうちに、気づけば二人とも温かな寝台の中で眠りに落ちていた。

いくら中身が大人であれ、まだまだギギの体力は十歳の子供のものなのだ。

※

キリルは混乱の渦の中に放り出されていた。隣で熟睡する少女の腕はしっかりと彼に巻きつき、いつまで経っても離れる様子がない。生まれて初めて抱きしめられたことに動揺し、つい彼女にこの体勢を許してしまった。

夜目は利く方なので、キリルはギギと名乗った少女をじっと観察してみる。動けないので他にすることがないのだ。

彼女は割と整った顔立ちで、シーツからはみ出している手足は細く締まっている。さらさらと流れる金色の髪からは、花のようないい匂いがした。

（それにしても、何なんだ。この変な女は……！）

少しでも身じろぎしようものなら、彼女の腕が容赦なくキリルの体を締めつけてくる。苦しくはないのだが、無意識だというのに大したものだと、変な部分で感心してしまった。

キリルは、密偵や暗殺を生業とする組織の末端に所属している。組織に入る前の記憶もあるが、あまり思い返したくない。

普通、子供の刺客は王宮での仕事を任されたりはしない。国で最も危険な場所に中途半端な実力の者を送り出せば、任務は失敗し、組織の存続も危うくなる。

それをキリルが任されたのは、ひとえに実力があったからだ。大人に匹敵する強い力と素早い身のこなしは、キリルだけが持ち得る武器である。

しかし、これまで偵察の仕事は何度かしたことがあったが、暗殺の経験はなく、それでターゲットを殺すのを躊躇した隙に護衛に見つかり、斬りかかられた。

命からがら逃げ出した先で血が不足し、体に力が入らなくなり屋根から転げ落ちたところを、ギギに拾われたのだ。

ちなみに、今回の暗殺の依頼者はとある王子で、ターゲットは他の王子。ここの王子や王女たちは、いつも暗殺者を送り合っている。おかげでキリルの所属する組織は儲かっていた。

それにしても、キリルを拾ったギギは不思議な少女だ。この離宮に住んでいるということは王族なのだろうが、着ている服は質素で部屋も飾り気がなく、行動は意味不明。

年齢の変わらないキリルをかいがいしく世話したが、普通は暗殺者を介抱したりしない。

(この女、一体何がしたいんだ!?)

怪しい術で傷を治したらしいギギはキリルを寝かしつけにかかり、キリルも彼女のペースに呑まれて、つい体を委ねて眠ってしまった。不覚である。

夜中、目が覚めたついでに逃げ出そうと思ったものの、ギギの腕が体に絡みついて抜け出せない。

無理矢理振り払えば何とかなるのだろうが、そうすると彼女を起こしてしまうし、騒がれると厄介だ。

いつギギの気が変わるかもわからない。守ると言った、その舌の根も乾かぬうちに捕らえようとしてくるかもしれない。一刻も早く逃げるべきなのに——

(……でも、どこに?)

体力も戻っていない上に、この先キリルを受け入れてくれる場所なんてない。

(組織には戻れない。任務に失敗した以上、制裁が待っている)

ギリっと歯を噛みしめていると体に絡まる腕の力が強まった。隣から伝わってくる優しい体温に気づく。

(温かい……)

今まで、こんなふうに誰かに抱きしめられて眠ったことはなかった。

(っ!　今夜だけ、今夜だけだ)

しんしんと冷える夜闇の中、何故か、キリルはこの温かな腕の中から出ていくことができなかった。

※

翌朝、目覚めたギギは一番にキリルを母と妹に紹介した。

目を覚ました途端、この場所を出ていこうとしたキリルだが、そうは問屋が卸さない。

ギギは病み上がりの彼を捕まえて、ズルズルと目的地へ引きずっていく。

ギギたちのいる簡素で所帯じみた離宮は、かつて物好きな王が愛する王妃とスローライフごっこをするために建てさせたらしい。外には畑や家畜小屋もある。

古民家風の室内に派手な調度品は一切なく、木の壁には手作りのタペストリーがかけられていた。

かつては後宮で暮らしていたギギたちだったが、あまりの居心地の悪さに空家だった離宮に目をつけ、リザが生まれたタイミングで引っ越したのである。

「お母様、リザちゃん。彼はキリル、昨日の夜、裏の庭に落ちていて拾ったの。キリル、こっちが私の母で第十王妃のポリーナ。こっちが妹で第二十王女のリザよ」

ギギの発言に、母と妹は動じなかった。ポリーナはふわふわと笑いながらキリルを見ているし、リザは「また拾ったの？」と呆れ顔で肩を竦めている。

過去に度々同じようなことをしているせいで、二人ともギギの行動には慣れてしまっていた。

キリルは紫色の瞳を瞬かせ、呆気に取られた様子で二人を見ている。彼女たちのあまりにあっさりとした態度に驚いているみたいだ。

「あらあら。離宮の裏庭に子供が落ちていたのは初めてねえ」

ゆったりとした若葉色のドレスを着たポリーナは、窓際の古い一人がけの椅子に座り、穏やかな微笑みを浮かべている。

一方、リザは警戒心が強く、キリルを不審な目で見ていた。

「彼、怪しくないのですか？　離宮の庭に落ちているなんて……私たちを狙った刺客なんじゃ」

妹に指摘されたギギは、自信ありげに首を横に振る。

「ノープロブレム！　私たちを殺したって何の得にもならないもの。むやみやたらに殺人を犯し、ライバルに追及されるリスクを負う真似は、あの人たちもしないはず。彼らの相手は圏外の私たちではなく同列の相手。つまり力のある他の王妃や王子、王女だから」

「それもそうですわね。足元をすくわれかねないのに、私たちに構うような面倒な真似はしないわよねえ」

リザはそう言い、納得して頷く。

それを見たギギはパンッと手を叩き、口を開いた。

「早く朝食にしましょう」

「ええ、お姉様。私もお腹が空いたわ」

ギギの突飛な行動に慣れているリザは、少しの人員増加には動揺しない図太さも身につけており、すぐに意識をキリルから朝食へ切り替える。

キリルは困惑しながら、ギギに手を引かれて簡素な食卓へ移動した。

「キリルは、ここに座って」

ところどころに傷のある年代物のテーブルに着くと、リザと同じ年頃の子供が慣れた手つきで料理を運んでくる。焦茶色のくせ毛を二つに結んだ、エプロンの似合う素朴な少女だ。

「あら、ありがとう。私も手伝うわ」

椅子に座り、硬直したままのキリルを残し、ギギとリザは料理を盛りつけた皿やグラスをテーブルに並べ始めた。使っている食器は簡素で、厚手のグラスに木製の器と、おおよそ王族が使わない品だ。カトラリー類だけは毒に反応する銀を使用している。

まあ、毒に当たったとしても、ギギの魔法で何とかなるのだが。

「キリル、この女の子はあなたの先輩よ。仲良くしてね」

ギギは、食卓の準備をしていた使用人の少女をキリルに紹介した。

いぶかしげに片眉を上げたキリルに、リザが補足する。

「つまり、お姉様があなたより以前に拾って、世話をしている子供ということです。彼女は今や家族も同然なのですわ」

リザの言葉に、使用人の少女が頬を染め嬉しそうに笑う。

少女もまた、七年前にギギが拾ってきた子供だ。城下町へ行った際、赤子だった彼女はゴミと共に捨てられていた。

とても寒い冬の日で、このままでは死んでしまうと判断したギギが城で保護したのだ。妹のリザと同じ年齢だったので放っておけず、母のポリーナに乳を与えるよう頼んだ。

だから、この少女とリザは乳姉妹で、二人はとても仲良しである。

しかし、母ポリーナは子育てが苦手だった。お嬢様育ちで自分も乳母に育てられたから仕方がないのかもしれないけれど。

そういう事情の中、母親代わりを務めたのが弱冠三歳のギギだ。保育士時代の知識が役に立った。ギギが誕生した時には乳母がつけられたのでどうにかなったものの、リザが生まれた時は、二人目の女児ということで乳母さえ与えられなかった。他の王妃からの嫌がらせだ。

乳母の件もそうだが、普通の王女は朝食の準備も手伝ったりはしない。この離宮が特殊なのである。釈然としない様子のキリルに、ギギが声をかける。

「王女が家事をするのが不思議？　うちの離宮で暮らすなら、早く慣れてもらわないとね。一番下っ端の王妃であるお母様のもとにはメイドが来たがらないし、来てもすぐに辞めてしまうのよ」

そう言って、ギギは困ったように小さく笑う。

理由は贅沢ができない上、他の王妃のメイドに虐められるからだ。

争いをしているのは王妃や王女だけではない。メイドだって、より良い待遇や将来を見据えて日々戦っている。後宮は格下のメイドにとって色々と働きづらい場所だった。

「だから、今はこの子が離宮専属のメイド長なの」

ギギの言葉に反応して、メイドの少女は誇らしげに胸を張った。

しかし、彼女だけでは手が足りないので、ギギやリザも一緒に働いている。料理は少女、掃除と洗濯はギギ、縫い物はリザ……といった具合に。

ちなみにお嬢様育ちのポリーナが家事に手を出すと大惨事に繋がるため、彼女は椅子に座って皆を監督するのが仕事だ。

コホンと咳をしたギギは、やや強引に話を纏める。

「他のメイドにこの子が虐められてはいけないから、後宮内をうろつかなくても良いように、離宮では自給自足が基本となっているの。幸い後宮の端……建物の少ない寂れた場所にあるから、畑を自由に使える。家畜を飼っても、近くの池で魚を養殖しても文句を言う人間は誰もいない」

ギギの言葉に、リザが追随した。

「自給自足の生活は厳しいけれど、他の王妃や兄弟に嫌がらせされることがありません。自分たちで用意した食事なら毒の混入を警戒する必要もないですし……今の離宮は、私たちにとって平和な場所なのです。ちなみに、畑担当の使用人もお姉様が拾った孤児の少年ですよ」

先に食事を済ませた畑担当の使用人は、今は外に出て作業しているとリザがつけくわえた。

「彼の年齢は、ギギお姉様より少し上の十三歳ですわ。お姉様は十歳だから……あなたは？」

「……十一歳だ」

リザの問いに、キリルはぶっきらぼうに答える。

（……キリル、まさかの年上！）

弟のような気分で接していたので、何となく複雑な思いに駆られるギギだった。

話をしている間に食卓に料理が並び、皆揃って朝食を食べ始める。

パリパリに揚げられた具入りのパンに、白いクリームをくわえた真っ赤な野菜のスープ、ミンチ肉を小麦の皮で包んだもの。

腹を空かせていたのだろう、キリルの目は食卓に釘づけになっている。

「どうぞ、好きなだけ食べていいわよ？」

料理を勧めるギギに、キリルがツンとした態度で言った。

「……撤回するなよ？」

ぼそりと呟き、フォークとナイフを手に取って食事を開始したキリルは、もの凄い勢いで料理を平らげていく。潜入の仕事で覚えたのか、彼の食事マナーは完璧だ。

(大変な目に遭った後だけど、食欲はあるみたいで良かった。この調子で、離宮に慣れてもらえるといいな)

そう思ってギギは食事の後、キリルを畑に連れていこうとしたのだが、不満げな顔で反抗された。

「は？　畑だと？　ふざけるな！　どうして俺がそんな場所に行かなきゃならないんだ」

「これから離宮で生活するのに、色々見ておいた方がいいと思って」

「ここにいるとは一言も言ってないだろ。何を企んでいるのか知らないが、俺は出ていく」

そう言って一人出口へ向かうキリルを、ギギは慌てて止める。

「行く当てもないあなたを、『はいそうですか』と送り出すことなんてできないわ」

後ろからキリルにしがみついて逃亡を阻止すると、何故か彼が焦り始めた。僅かに顔が赤みを帯びている。

「知るか。はっ、放せ……！　お前は何で毎回抱きついてくるんだ⁉」

「放さない！　放さないから！　せめて、行く当てが決まるまでここにいて！」

「おい、ちょっ……」

後ろ向きに引っ張られ、体勢を崩したキリルはギギを巻き込んで転びそうになった。

けれど、咄嗟に体を回転させた彼は、そのままギギを支える。抱きかかえられていることに気づき、ギギは慌てて体を離した。

「あ、ありがとう」

「……別に」

相変わらずの仏頂面で答えたキリルは、赤く染まった顔をふいっと逸らす。

「俺には、ここに残る理由がない。どうしてそこまでして俺をここに残そうとする？　殺しの依頼か？　それとも、俺を組織に引き渡して報酬を得るのが目的か？」

「理由なんてないわ。あなたの行きたい場所が見つかるまで、離宮にいればいいと思っただけ」

キリルが不満を持っていても、保護すると決意した以上、ギギは彼をここで放り出す気はない。

何度でも離宮に残るよう説得するつもりだ。

キリルはギギの熱意に根負けしたのか、離宮からの脱走を強行することはなかった。

「ほらほら、外に出るから汚れてもいい服に着替えるわよ。とりあえず、作業着は私のズボンでいけそうね。リザちゃ～ん！」

「はぁい、了解ですわ。キリル用の新作衣装、期待しておいてくださいませ。超大作を作ってみせますわ！」

ギギの呼びかけに、リザは部屋の奥から現れると、心得たとばかりにウインクをした。

裁縫担当のリザは手先が器用で、服を作るのが大好きなのだ。

食事の後片づけを終えたギギは、キリルを裏庭の畑へ連れていこうと作業着に着替えさせた。

追っ手がかかっているかもしれないので、城内では目立たない格好をしていた方がいい。

（……任務に失敗して、死んだことになっていそうだけど）

世間や組織は、使い捨ての下っ端刺客を気にかけたりしない。減ればその分買うだけだ。

補充される子供の値段は家畜よりも安い。

後宮に派遣されたキリルは、きっと優秀な子供だったのだろう。けれど、いくらキリルが大人顔負けの働きをするとはいえ、替えはいくらでも利くだろうし、組織がそこまで警戒することもないと思う。

そんなことを考えた後、ギギは隣を歩くキリルに目を向けた。

「お風呂に入ったら見違えるようになったわねえ。でも、キリルの銀髪は目立つわ。うっとうしいかもしれないけど、もう少しだけ用心しておきましょう」

そう言って、ギギは作業着に身をつつんだキリルに、深めの帽子を被せた。

このビエルイ王国の民は大体黒か茶色に近い髪をしていて、王族や貴族は金髪が多い。辺境の部族には赤毛もちらほらいる。しかし銀髪はめったに見ないので、悪目立ちしてしまう。

「お前、本当に俺をかくまう気なのか？」

「だから、そう言っているでしょう？　かくまうというか、キリルには普通にここで暮らして欲しいわ」

いぶかしげな視線を寄越すキリルに、ギギは言い聞かせる。

そして二人は、きれいに整備された畑に辿（たど）り着いた。

ここは葉物や豆類、根菜が所狭しと植えられている離宮の大切な食料庫だ。既にほとんどの野菜は収穫された後で、むき出しの土の上には何もない。冬になればしばらく農作業はできなくなる。その前に土作りなど、しなければならないことは多い。

湿（しめ）った土を踏みしめながら、ギギたちは畑の中央を目指す。キリルはしぶしぶといった表情で、ギギの後をついて来る。

「キリル。もう一人、紹介しておくわね。これから離宮で暮らすなら、顔を合わせることも多いでしょうし」

「……まだ、ここに住むとは言っていないぞ」

「いいから、いいから。行くわよ」

離宮五つ分ほどの広さの畑では、栗色のくせ毛で背の高い少年が一心不乱に鍬（くわ）を振るっている。日に焼け、たくましく引きしまった体は、彼が毎日のようにここで働いていることを物語っていた。少年に向かってギギは元気に声をかける。

「おはよう！　助手を連れてきたわよ！」

「は⁉　何で、俺が助手なんて……」

キリルの反論をスルーし、ギギは背の高い少年と話を進める。

（キリルは離宮を出たがっているかもしれないけど、今後の生活が心配だし）

王都にある孤児院へ預けることも考えたが、今のままではとても馴染めないだろう。

（離宮で面倒を見るのが一番よね）

それには、やはりここでの仕事を覚えてもらう必要がある。強引だが、キリルの未来のためだと割り切ったギギは、少年にキリルの事情をかいつまんで説明した。

「――というわけで、畑仕事を教えてあげてくれないかしら。あと、同性にしか相談できない悩みも出てくると思うの。離宮で男の子はあなただけだから、キリルの教育係をお願いしたいんだけど」

「いいぜ。畑は常に人手不足だから歓迎する」

ギギの話を聞いた少年は、人なつこい笑みを浮かべて頷く。

「ありがとう。あなたなら、この子の指導を任せられる。今日は大きな用事がないから、私も畑を手伝っていくわね」

ギギは腕まくりして日焼けした肌を晒し、少年から薄汚れたずだ袋を受け取った。

「じゃあ、姫さんは肥料を撒いてくれ。そっちのチビには畑を耕してもらう」

「任せなさーい！」

いぶかしむキリルに、少年は小麦色の顔で朗らかに笑う。

「おい、チビっ子。畑仕事は初めてか？　ここで暮らすなら、畑仕事に慣れてもらわなきゃな」

強引にキリルに鍬を渡した少年は、一方的に耕し方を説明する。対するキリルは、少年のペースに呑まれ何も言えないでいるようだ。

「大丈夫だ、すぐ慣れる。鍬を持つのがキツいようなら、他の仕事を任せるが」

「……なめるな」

少年の言葉が癪にさわったのか、キリルは低い声を出した。それから先ほど渡された鍬を振り回し、恐るべきスピードで肥料を混ぜ込んだ畝を作っていく。

（意外とやる気に!?　負けず嫌いなのかしら）

まんまとギギや少年の手のひらの上で転がされているとも知らず、イライラを発散させるかのごとく、キリルはひたすら畑仕事に精を出す。

一心不乱に畑を耕すキリルを見て、ギギはホッと安堵の息をついた。元刺客の彼が離宮に馴染むのは難しいだろうと思っていたからだ。

ああいった子供は心に深く傷を負っていることが多く、最悪心が壊れている場合もある。その点、今のキリルなら離宮で様子を見つつ育てていくことが可能そうだ。まだ油断はできないが、負けん気が強いのは良いことである。

（生きる力が強いということだもの）

使用人の少年もそれを感じ取ったのか、穏やかな表情でギギを見て頷いた。

「あれは大丈夫だろう。路上の孤児にもいっぱいいた強情なタイプだから」

「……あなたがそう言うのなら、きっと大丈夫ね。昔、孤児たちのリーダーをやっていた人だもの。私とは違って人望もあるし」

「よく言う。俺は姫さんの方が恐ろしいぞ？　他の王妃のメイド見習いや下働きの子供を無意識にたらし込んでいるのを、知らないとでも思っているのか？　今やあんたの信奉者は、結構な数になっているんだからな」

少年が呆れた口調で話すが、ギギにはまったく心当たりがない。ギギは小首を傾げながら彼に尋ねた。

「何のこと？」

「無自覚かよ。まあ、姫さんはそれでいいさ」

そう言って苦笑を浮かべると、少年は再び作業に戻った。不思議に思いつつも、ギギも肥料撒きを再開する。

（私は王女だから、ずっとこの生活はできないのだけれど。せめて今はこうしていたい）

いつかは、政略のためにどこかの誰かに嫁がされるだろう。十九番目の王女だから、ろくな相手ではなさそうだ。

（でも……）

嫁ぐまでの間、できる限り好きなことをするというのが、ギギの今世の目標なのだった。子供を助け育てることもその中に含まれている。どんな環境下にいても、それだけは変わらない。

前世では夢半ばで倒れてしまったけれど、まだまだやりたいことが沢山あった。

（やっと保育士になれたのに。もっと子供と関わりたかったし、担当していたクラスの子を卒園まで見届けたかった）

彼らを自分の手で次のステージまで送り届けられなかったことが、今でも心残りで……だから、今世こそは子供の成長を見守るという夢を叶えるのだ。

（せっかくもらった命だもの。もし結婚したって、相手によっては子供を拾って育てることに賛成してくれるかもしれないし。お金持ちなら、その資金で今より多くの子供を助けられるかもしれないわ。志は高くなきゃ）

宗教上、女性の堕胎が許されていないビエルイでは、生まれてすぐに親に捨てられる子供が大勢おり、彼らの死亡率も高い。特に大陸の北にあるので、冬の厳しさに耐えられない者が続出するのだ。

政治に参加できず、本来王女が手にしている権利すら十分に持たないギギでは、彼ら全員を救うことは叶わない。けれど、せめて手が届く範囲で子供たちの力になりたかった。

偽善だと言われたらそれまでだが、まったく行動しないより、一人でも救った方が建設的だと信じている。やらない善よりやる偽善の精神だ。

（エゴだなんて、指摘されるまでもなくわかりきっているけど）

それでも、ギギは今の考えを曲げる気はない。

肥料を撒き終えたら、畑に残っていた数種類の野菜を収穫し、キリルを伴ってキッチンに向かう。

彼にはまだまだ覚えてもらうことがあるのだ。

この離宮は結構古いのだが、生活に必要な設備が完備されている。年季の入った竈も、しっかりと手入れがされているので現役だ。壁には、最低限の調理器具もきちんと揃えられている。

キッチンに入ったギギは、後ろから無言でついてくるキリルに話しかけた。

「あなたには、これからさっき畑で会った子の助手をお願いしたいの。慣れてきたら家畜の世話も少し頼みたいわ。今は私が家畜小屋の掃除をして、リザちゃんが餌やりをしているから、その時教えるつもりよ。あとの時間は自由にしていいからね」

仏頂面のキリルは肯定も否定もしない。

そんなキリルを、ギギは竈の前に連れてきた。そこでは、料理担当の少女が屈んで火の調節をしている。

「こっちよ」

取ってきた野菜をたらいに張った水で洗ったギギは、それらを近くの調理台の上に並べ始めた。

「キリルは刺客だったから、ナイフを扱えるわよね」

「……一応」

冷めた声で返事をする彼の前に、包丁とまな板を置く。

「じゃあ、ここで野菜を切ってくれる？」

「……はあっ!?　お前、何言ってんだ？　俺の仕事と野菜の下ごしらえを一緒にするな！」

キリルは目を見張って、声を荒らげる。そんな彼を尻目に、ギギは話を続けた。

「ついでに鶏肉もお願いね、一口サイズで。やり方を説明するから見ていてね」

「だから、俺はそんなことをやるつもりはない！　もういい、出ていく！」

「何もしない人は、昼食抜きよ？　お腹を空かせて路頭に迷いたいの？」

はくはくと無言で口を開け閉めするキリルだったが、やがて諦めた様子でジャガイモの皮を剥き始めた。

（よしよし。予想どおり、包丁の使い方は上手だわ）

野菜を洗いつつキリルを見守っていると、鍋でお湯を沸かし始めた少女がギギに声をかける。

「ギギ様、一人増えたので肉類を増やした方が……晩ご飯の分が足りません」

「え、そう？　じゃあ、もう一羽絞めてくるわ」

そそくさと出ていくギギを、キリルは信じられないものを見る目で見送った。

「おい……まさかあいつが鶏を絞めるのか？　一応王女なのに？」

キリルが傍らにいる少女に問いかけると、彼女は機嫌良く答える。

「ええ、離宮で鶏を絞められるのはギギ様か、もう一人いる男の子だけなのよ。ギギ様は王女様なのに凄いわよねぇ」

確かに、普通の王女は自ら鶏を絞めたりしないだろう。

前世ではとてもできなかったことだが、ここで暮らしているうちに、何でもこなせるようになってしまったのだ。

ギギは離宮の隅にある鶏小屋へ行き、大きく育った一羽を捕獲する。

それを手際良く絞め、解体して、食べやすい大きさに切っていく。少し時間がかかったが、キッチンへ鶏肉を持っていくと、キリルが複雑な表情でギギを迎えた。

「……本当に絞めたんだな」

「一から自分たちで作れば異物も入らないし、安全でしょう？」

あっけらかんと伝えると、キリルは難しい顔で頷いた。後宮内の複雑な事情を理解したらしい。

話の途中で、ギギから鶏肉を受け取った少女が、良い香りのするスープに手慣れた手つきで切った野菜や肉を投入していく。

「美味しそうね」

くるくると鍋をかき混ぜる少女は、ギギの言葉を聞いて微笑む。彼女の焦茶色のくせ毛が、その心情を表すようにぴょこんと跳ねた。

料理の良い匂いがキッチンに広がる中、ふと振り返ると、キリルが先に作ったサラダをつまみ食いしていた。

「美味しい？」

「……っ！」

ギギの問いに、キリルはビクッと肩を揺らす。

いたずらが見つかった子供みたいに首を竦めるキリルが、可愛らしくて愛おしい。

（子供らしいところもあるじゃない）

ギギは目を細めながら、ばつの悪そうなキリルを見つめた。

食事の準備ができたら、それらをテーブルに運んで離宮の者全員で昼食を取る。

今日のメニューは豆と鶏肉のスープ、根菜のサラダ、それに前に焼いたパンの残りだった。

個別での食事は手間なので、なるべく全員纏めて食べてしまうのだ。木製の小さなテーブルを囲み、それぞれが嬉しそうに料理に手を伸ばす。温かな空間がそこにはあった。

「んー！　美味しい！　あなたが毎日工夫してスープの味を変えてくれるおかげね！」

リザはそう言うと、スープを作ったくせ毛の少女に笑いかけた。少女はくすぐったそうにはにかみ礼を言う。

そして、リザ始め全員が、美味しそうに食事を平らげていく。

皆の食べる速度は速いものの、その仕草は上品だ。全員で食事するうちに、拾った他の子供たちのテーブルマナーも貴族レベルに洗練されていった。

朝食と同様、キリルは王族顔負けのマナーで食事をしている。

（ここへ来る前は、刺客として貴族のお屋敷に潜入とか、そういう仕事を専門にしていたのかしら？）

キリルの姿を眺めながら、ギギは一人推測する。

まだキリルは環境に慣れていないので、あまり根掘り葉掘り聞くのは良くないと自重した。だが、いつかは彼のことをもっと知りたい。

「そうだわ、午後からは買い出しに行くから、キリルもついて来てくれる？」

「は？　買い出しだと!?」

食事の後、和やかな雰囲気で談笑している中、ギギは思い出したようにキリルに尋ねた。すると、キリルは信じられないものを見る目でギギを見つめる。「王女が買い出しに行くなんて前代未聞だ」とでも言いたいのだろう。もしくは、「自分を連れ歩くな」だ。

「これから離宮で生活するのに、最低限のものは必要でしょう？　生活用品とか、着替えとか下着とか……私のお古でいいなら、クローゼットに残っているけど」

「なっ⁉　下着は駄目だろ！」

冗談のつもりで言ったのだが、十一歳の少年には刺激が強すぎたようだ。キリルは耳を赤くしてのけ反っている。

「あら、赤くなっちゃって。一体何を想像したの？」

「うるさい、何も想像してない！」

グダグダと抵抗するキリルの腕を取って顔を覗き込むと、彼はさらに赤くなって視線を彷徨わせた。しかし、ギギの腕を振りほどく気配はない。

「……お前、一応王女なんだろ。外に出ていいのか？」

「駄目でしょうね。だから、外に行く時はお忍びの格好なの。月に何度か、必要な物を買いに行くだけだし、大したことないわ」

キリルの問いかけに答えたギギは、ぱっと彼の腕を離し、素早く出かける準備を始める。手慣れた様子のギギを見たキリルは、呆れた顔で声をあげた。

「信じらんねえ。何かあったらどうするんだ！」

「あら、心配してくれるの？　近くを回るだけだから大丈夫。何人かは私の正体を知っているけれど、お忍びしていることを広めたりはしないわ」

　ギギはそう言ってキリルの手を引き、玄関に向かう。意外なことに、キリルはもう抵抗しなかった。

　それを良いことに、ギギは壁にかけてあったつばの広い帽子を手に取り、キリルに被せる。

「あなたの髪は目立つから、街でも隠さないとね」

「ちょっと、待て……うわっ！」

「はいはい、行くわよ」

　離宮の裏道を通り、ギギとキリルは午後のにぎやかな城下町へと繰り出した。大通りには沢山の人々が歩いており、道路脇にある店からは物売りの威勢の良い声が響いてくる。

「キリル、今日は特別に好きなおもちゃを一つ買ってあげるわよ！　安いのに限るけど」

「おもちゃだと？　馬鹿にしているのか!?　お、俺は、十一歳だ!!」

　顔を真っ赤にして怒るキリルを見て、すっかり元気になったとギギは相好(そうごう)を崩す。

「知っているわよ。じゃあ、頼まれたものから買っていくわよー！」

　月に一度、後宮の妃には手当が支給される。もともとあまり多くはない上に、途中で正妃に間引かれるので、一番下っ端の妃であるポリーナの手取りは僅(わず)かだ。

　他の妃たちは実家からの仕送りや賄賂(わいろ)に頼っていたが、平民出身かつ犯罪とは無縁なポリーナにはそれもない。その分、ギギが色々工面(くめん)しているけれど、それでも限界はある。

そのせいで離宮に大々的に商人を呼ぶことができず、こうして街に下りて安い品を買うのだ。王族的には良くないけれど、こうでもしないと生きていけない。

「リザちゃんには、次に作る洋服の布地と糸を頼まれているの。あとは文房具と簡単な畑用品、新しいお鍋と人形。お母様の注文は贅沢すぎるから減らして……キリルに必要なものも揃えるわね」

「おい、俺はまだ離宮に住むとは……」

「まずは文房具店ね。ついでに、お母様のお酒も少し」

「人の話を聞け！」

隣で喚き続けるキリルを宥めていたギギは、花の入った籠を持って道の端に立つ少女に気づいた。所在なげな少女は、どうやら花を売っているようだ。

ギギは、その少女に近づくと、彼女から小さな花を数本買ってキリルの帽子につけてやる。

「おい、無駄遣いして良いのか？」

「これは良いのよ。あの子の生活向上に繋がるから」

この辺で売り子をしている子供は、生活に追われた家庭の子だ。こうして物を売ることで、日々の生活費を稼いでいる。

その後、ギギは同じように、親の作った料理や小物を売り歩いている子供からも数点品物を買った。そして文具店に入ると、キリルが興味深そうに店内を見回した。

「ふぅん、良い品揃えだな」

一見、文房具になど興味がなさそうなのに、キリルはそこに置かれている物の質を正確に理解している。城下とあって、この店には様々なペンや便箋などが揃えられていた。

「ギギ様、お久しぶりでございます」

店の奥から中年の店主が現れ、ギギに礼をする。

「一ヶ月ぶりね。今日は、うちの子のペンの買い替えと紙の補充に来たのよ」

いつも来るこの店の主人とは知り合いだ。

店には最高級の物は置かれていないものの、実用的な品が沢山並べられていた。そんな中、キリルは熱心に一本のペンを見つめている。

「キリル、買ってあげるわよ？」

「いや、いい。どうせ使わない」

「あったら便利だと思うんだけど。あなたに畑仕事を教えてくれた子は、最近は離宮の会計係もやってくれているの。主に、農業関連の品についてね。料理をしていた女の子も、食品の管理をしてくれているのよ？」

普通の下働きは文字の読み書きができず、管理簿などつけられないのだが、離宮ではギギやリザが使用人に文字や計算を完璧に教えている。

「皆持っているから、あなたにも買ってあげるわ」

異論はなさそうだったので、キリル用の紙とペンをセットで買った。彼は黙ってそれを受け取る。

「さて、次は布の店ね。売れ残りや端切れは安く売ってもらえるのよ？」

「……興味ない」

キリルは面倒そうにふいっと目を逸らし、素っ気ない態度だ。ギギはそんな彼に忠告した。

「おそらく、近日中に裁縫担当のリザちゃんが、あなたの着替えを作ると思うわ。布を指定しないと、とてつもなくファンシーな服が出てきたりするのよ。あなたがそれでいいのなら構わないんだけど。むしろ、そっちが趣味だったりする？」

「――っ⁉」

ファンシーな服に恐れをなしたのか、目を見開いたキリルは大人しくギギについてきた。

店に着き、さっそく顔見知りの女性店主が顔を出す。

「あら、ギギ様。いつもの布と糸だね？」

「ええ、妹から頼まれているの。あと、この子の服用の布も」

ギギがそう言うと、店主はいくつかキリルに合いそうな布を持ってきた。

「きれいな顔の子ねえ。もっと高級な布の方が似合いそうだよ」

などと言いながら、店主はキリルの体に次々と布を当てていく。

ギギも、その中から数点を選んでみた。

「これなんてどう？　黒いし無地でシンプルよ？　グレーもあるし、白もいいわね。青も紫も似合うんじゃないかしら」

「……黒にする」

キリルがすげなく言ったので、ギギは店主に黒の布を頼んだ。キリルの目を盗んで、こっそり青や白、紫や銀の布も頼んでおいた。

その他にも安価な端切れを沢山買い込む。ちなみに、エプロンやテーブルクロス、カーテンなど大きなものは、端切れをつぎはぎして作る。

リザに裁縫の基本を教えたのはギギだが、リザはいつの間にか師であるギギよりも腕を上げ、職人級の作品を作るようになった。今では自他共に認める裁縫・衣類担当だ。

その後、畑用品の店で来春の種を注文し、鍋を買い、使用人の少女に渡す人形を見に近くの工房へ向かう。

小さくて温かみのある雰囲気の人形工房は、大通りから外れた場所にひっそりと佇んでいた。

工房内の棚には、様々な種類の人形やぬいぐるみが並べられており、値は張るが個人的にオーダーメイドすることもできる。

「おや、ギギ様。また子供にプレゼントですかな？」

ギギたちがやって来たことに気づいて、工房から現れた老年の店主が恭しく礼をする。茶色のベストを纏った紳士的な店主は、朗らかにギギへ笑いかけた。

「そうなの。七歳の女の子で、動物好きな子よ」

少し思案した店主は、手書きのカタログを持ってきて、それを工房内のテーブルの上に広げた。

中には色々なぬいぐるみの絵が柔らかなタッチで描かれている。

「最近売れ行きがいいのは、ウサギのぬいぐるみですなあ。あいにく在庫切れなので、注文していただいてから仕立てることになりますが」

「とても可愛いわね。じゃあ、それをお願いできるかしら」

「かしこまりました。布の色はどうされますかな？」

ギギは白い毛に赤い目、くたりと垂れた耳のウサギのぬいぐるみを注文した。大きさはちょうど抱き上げやすい中程度のサイズだ。

ギギが注文している間、またしてもキリルは店内を見回してウロウロしていた。今まで、こういうところに来る機会がなかったからだろう。

彼は隅の棚に積み上げられている、ふわふわした猫のぬいぐるみを手に取り、じーっと見つめていた。金色っぽい毛に青い目で、腕の中にちょうど収まるサイズの可愛い猫だ。

（……気に入ったのかしら？）

ギギは、店主にキリルの見ている猫のぬいぐるみを買うことをこっそり伝えた。子供らしい経験が少ないであろう彼に、年相応のものを贈りたかったのだ。

店主はにっこりと微笑み、そそくさとラッピングを始める。キリルはまだ店内を回っており、こちらには気づいていなかった。

買い物を済ませたギギは、用事を全部終えて離宮へ戻る。

「おい、貸せ」

幼い割に力のあるキリルは、ギギが持っていた荷物をひったくり運んでくれた。

（素直じゃないけれど、良い子よね）

そんなことを思いながらクスリと笑って、ギギは傍らの少年の行動を見守る。

そうして離宮に着くと、ラッピングされた箱をキリルに渡す。

「はい、今日のお礼に、キリルにプレゼントよ」

キリルは怪訝な顔をして箱を開けた。中には可愛いリボンを首に巻いた猫のぬいぐるみが入っている。先ほどの店で彼が熱心に眺めていた商品だ。

「……っ!?」

頬を染めて目を見張る彼に、ギギは早口に告げた。

「今日は買い物に付き合ってくれてありがとう。これはそのお礼。ちなみに返品不可よ！」

そう言ってキリルの前から逃げるように立ち去り、ギギは他の子供たちに荷物を届けに行く。そんなギギの後ろ姿を、キリルが唖然とした表情で見送っていた。

※

キリルがギギに引き取られて半月が経過した。

強引な彼女に文句を言いつつも、どういうわけか突き放すことができず、キリルは新しい環境に馴染んできてしまっている。

自室のベッドの脇には、ギギにもらった猫のぬいぐるみがしっかりと置かれていた。

猫の毛の色と瞳の色は彼女と一緒だ。それがどうも気になり、店でずっと見ていたところを目ざとく本人に発見されたのだった。

眺めていた理由はギギ本人には気づかれていないが、同室になった畑仕事担当の少年にはしっかり悟られているようで、ニヤニヤしながらキリルを見てくる。

（こんなはずではなかったのに。何で、あんな女のことが気になるんだ！）

猫のぬいぐるみを前に、キリルは頭を抱える。

本当は、さっさと離宮から出ていくつもりだった。

けれど、初日にギギの温もりにほだされ、朝まで眠ってしまったのが間違いだったのだ。

いつの間にか出発するタイミングを逃し、ズルズルと居座っている。

（あの女が、危なっかしくて見ていられないせいだ！　王女のくせに無茶ばかりしやがって）

キリルは心の中でギギに悪態をつくと、頭をかきむしった。

不覚にも、ギギと離れがたく感じている自分がいる。しかも、離宮の居心地が良いなんて思い始めている……！

当初からは考えられない自分の変わりように、キリルは大きくため息をついた。

窓に目を向けると、空は彼の心情を裏切るかのように澄みわたり、風もビエルイの秋にしては珍しく暖かい。

自分だけでなく空にまで裏切られている気がして、キリルはため息を深めるのだった。

※

ある日、ギギがキッチンでお茶の準備をしていると、離宮に珍しく客がやって来た。

後宮に仕える年若いメイドが、ギギを訪ねて来たのである。

「あらあら、久しぶりねえ。狭い家だけど、ダイニングへどうぞ」

このメイドは正妃のところで下働きをしている。過去にギギに助けられたことに恩義を感じていて、しばしば王宮や後宮の情報を持ってきてくれるのだ。

隣で警戒心を露わにするキリルとは違って、ギギはいつもの調子でメイドに対応する。

「まあ、大きくなったわねえ」

「自分と同じか、向こうの方が年上なのに、『大きくなった』はおかしいだろ」

親戚のおばちゃんのごとくメイドに話しかけるギギに、キリルが突っ込む。

しかし、正妃のメイドはギギの態度に慣れているのか、当たり前のように受け止めていた。

「ギギ様とは同年代だけれど、謎の包容力があるわよね」

彼女は美形のキリルに一瞬目を奪われたみたいだが、そう言ってにっこりと笑う。そして、ふいに真剣な表情をギギに向けた。

「ギギ様。今日は、あなたのお耳に入れたいことがありまして、正妃様の目を盗んで参りました」

「まあ、どうしたの？　また王妃か王女に虐められた？　仕返ししてあげるから言ってご覧なさい」

さらっと恐ろしいことを口にするギギをスルーして、正妃のメイドは話し続ける。

「そうではありません。物騒な噂を聞きまして、ギギ様にご忠告に来たのです」

ギギはすっかり聞く体勢に入っており、それをキリルは仏頂面で眺めている。

正妃の側近から気に入られているこのメイドは、王宮中心部の情報に詳しく、今回のようにそれとなくギギに有益な情報を知らせてくれるのだ。

「数日後に宰相閣下が、とある貴族を家ごと潰すみたいです。どうやら、王宮内のまずい情報を掴まれてしまったようで。この王宮は不祥事のオンパレードですから、糾弾されるとまずいと思ったのでしょうね」

確かに、ビエルイ王国は賄賂や横領など不正の温床となっている。

「家を潰すなんて聞き捨てならないわね。穏便に口止めできなかったのかしら」

「件の貴族は正義感の強い人物で、度々の宰相閣下からの忠告を無視していたとか。不祥事を明るみに出す気満々なようです」

「あらまあ、どこの貴族？」

ギギの問いかけに、メイドは少し声を落として答えた。

「バシリエフ子爵ですよ。ハンサムなオジサマとして、メイドたちの間で人気なのですが、頑固者なのが玉に瑕……ギギ様くらいのご子息もいます」

「子爵本人は、何度か見かけたことがあるわ。家が潰れたら、家族は路頭に迷うでしょうね」

ギギは顎に手を当て、難しい顔をする。

「親戚の家に引き取られるかもしれませんが、私はそれも危ういと思っています。もしかすると、一族丸ごと消される可能性もなきにしも非ずかと。ですから、ギギ様に忠告をしようと思ったんですよ。決行の日は宮廷も騒がしくなるかもしれませんが、くれぐれも好奇心に駆られて見に行ったりしないようにと」

眉根を寄せて忠告するメイドに、ギギは心外だとばかりに反論した。

「そこまでゴシップ好きじゃないわよ。でも、その子供が心配だわ」

「そうなると思って、周りの目をかい潜ってここまで忠告しに来たんじゃないですか！　相手は宰相閣下、つまり正妃様の実の父親！　弱小王女のギギ様に勝ち目なんてありませんよ」

　彼女の言うことはもっともなのだが、ギギはそれでも引き下がれない。

「わかっているわ、今の私の立場では、正面から子爵を助けられないことくらい。でも、子供もいるし、こっそり助けてあげたいわ……」

「馬鹿なことを言わないでください。この情報はいずれギギ様の耳に入るに違いないと……あなたなら子供のために動くと思ったから、私は止めに来たんです！」

　メイドは泣きそうな顔でギギに懇願する。キリルも彼女と同意見だと言わんばかりに腕を組んで頷いた。

　宰相が絡む厄介事など関わらないに限ると、ギギも頭ではわかっている。

「おい、ギギ。このメイドの言うとおりだ。馬鹿な真似は止めておけよ」

「キリルまで。私を何だと思っているの？」

　鋭い目で自分を見据えるキリルに、ギギは頬を膨らませながら言い返した。

「この半月ほどで学習した。お前は、とんでもなくお人好しで危なっかしい王女だとな！　あの日だって、厄介な子供だとわかっていながら俺を拾って受け入れた。早く離宮に馴染めるようにとか言って、無茶な役目を押しつけてくるしな」

「あはは……」

ギギはキリルの言葉を聞いて、苦笑いを浮かべた。

確かに、キリルのように困っている子供には、手を差し伸べずにいられない。

「だって、子供は大人みたいに自分の意思を通せないし、理不尽に抗う術をまったく持っていないじゃない？　でも、心配してくれたのね。ありがとうキリル、可愛いわ」

「はあ!?　男に向かって、何が可愛いだ？」

キリルは、不本意だと言わんばかりの顔で苛立った様子を見せる。

それからメイドが帰った後も、彼は不機嫌そうにしていた。

「ギギと話していると、頭が変になりそうだ。言っておくが、俺は孤高かつ冷徹無慈悲で優秀な刺客だと評判だったんだからな！」

「でも、屋根から落ちていたじゃない」

「あれはっ！　単に怪我をしていたからだ！　そもそも、あんなヘマをしたことなんて今までなかったんだぞ！」

頬を真っ赤に染めながら悔しげな顔で言い募るキリルに再度「可愛いわ」と言うと、彼はさらにへそを曲げてしまった。とても冷徹無慈悲には見えない。

「お前を見ているだけでわかるんだよ。子爵家の子供を助ける気満々だということがな。あのメイドも念押ししていただろ？　余計なことはするなと」

「やっぱり、心配してくれているの？　キリルは優しいわね」

文句を言いつつも離宮に留まり、ギギの身を案じてくれている。そんなキリルに、ギギの頬は自然と緩むのだった。

「何で嬉しそうにしているんだ。俺の時とは状況が違うから警戒しろと言っている」

「そうね、作戦を練る必要があるわ」

「そうじゃない、止めろと言っているんだ！　相手は貴族の子供だぞ？　しかも、宰相に目をつけられてる」

そう声を荒らげるキリルを、ギギは眉を寄せながら見つめた。

「うーん。家が潰れても、その子が親切な親戚を頼れるなら私は何もしないわよ？　ただ……」

「そうでなければ動くと言うんだろ。まったく、どうしてこの馬鹿王女は自分から危険に突っ込んで行くんだ⁉　俺を心配させるのがそんなに楽しいのか！」

「えへへ……」

キリルは自分の言うことを聞きそうにないギギを見て、ギリリと歯を噛みしめている。

それにしても、彼には好かれていない気がしていたので、まさか心配されるとは思っていなかった。ギギは嬉しさを隠しきれない。

締まりのない顔のギギをキッと見据えると、キリルは頭をかきむしった。

「くそっ！　お前を一人で行かせるわけにはいかない。阻止したいが、それができないのなら俺も行く！　手伝う！」

「えっ？」

衝動的に口をついて出た彼の言葉に、ギギはあんぐりと口を開けた。

※

王妃つきのメイドから王宮内の裏ニュースを聞いた次の日、事態はギギの想像よりもはるかに早く動き出していた。準備を整えている間に、続報が入ってきてしまったのだ。

「ええーっ!? バシリエフ子爵、勝手に王宮に乗り込んできちゃったの？ 家族総出で宰相室の前に居座っているって……!?」

ギギの問いに、キリルが冷静な表情で答える。

「そうらしい。昨日のメイドがまた来て、俺に伝えていった」

「何ですって！」

救出計画を立て準備をしていたというのに、これでは間に合わない。

「宰相が子爵家を潰すために架空の罪をでっち上げたから、その抗議だろうって」

「なるほどね。まさか、子爵が真正面から来るとは……」

納得のいかない子爵が王宮へ弁明に来ている、ということらしい。それも、家族を全員引き連れて。

(とんでもない話だわ)

ギギは信じがたいとばかりに首を横に振った。

ありとあらゆる悪がはびこるこの王宮に妻子を連れてくるなんて、愚の骨頂である。そのリスクは子爵自身も十分に理解しているはずなのに。

家族に証言させることで己の意見の正当性を主張し、周囲の情に訴える作戦のようだが、彼がすべきことは一刻も早く妻子を国外、もしくは誰にも見つからない場所へ逃がすことだった。

それも、もう手遅れだろう。

このままでは一家全員、纏めて始末されてしまう。あの宰相がこんな好機を放っておくわけがない。

「行かなきゃ……」

子爵の家族は妻と息子の二人のみ。

身の振り方が下手な子爵は自業自得の面もあるが、巻き添えを食う家族はたまったものではない。

何も知らない可愛い子供が一方的に始末されるのは、ギギにとっては許しがたいことだ。

とはいえ、弱小王女のギギに、宰相と正面からやり合うなんて真似はできない。

宰相はビエルイにおいて絶大な権力を持つ男だ。元はただの一官僚だったが、着々と重要なポストを一族で独占し、娘を王の正妃にしたことを機に、瞬く間に王宮内を牛耳った。

国王も、力を持ちすぎた宰相に強く出られずにいる。

それを良いことに、彼は政敵や気に入らない者を追いつめ、次々に消しにかかっているのだった。

目をつけられたら最後、王宮では生きていけない。最悪、命を取られることさえあると聞く。

実際に、宰相や正妃の一族に消された側妃や王女、王子は、数多くいた。

（とりあえず、どうなっているのか様子を探ろう）

ギギは、キリルの目を盗んでこっそりと離宮を離れた。

言えばキリルは必ずついて来るだろうが、危険に巻き込みたくないので何も知らせなかった。

ギギは、日当たりの良い後宮の廊下を歩き、中心にある王宮へと入る。

ちなみに、妃や王女が後宮を出てはいけないという決まりはない。実際、正妃は頻繁に王宮に出入りしている。

王女のギギ一人が王宮の様子を見にいくだけならば、見つかったとしても、何とでも言い訳できるのだ。

ギギが王宮内に足を踏み入れると、沢山の兵士の足音と怒声が聞こえてきた。慌ただしく、大理石の回廊を険しい表情の役人たちが早足で歩き去っていき、かなり物々しい雰囲気である。

もしかして子爵一家について動きがあったのだろうか。気になったギギは通りすがりの若い兵士に声をかけた。

「ねえ、皆バタバタしているけど、何かあったの？」

末席とはいえ突然現れた王女に、兵士は一瞬固まる。しかし、すぐに背中を伸ばすと、彼は礼儀正しく答えた。

「はい。それが――」

兵士は、バシリエフ子爵たちが城内で拘束されたことを話した。ただ、彼は事の詳細を詳しく知らないようだ。

罪を犯した子爵一家を、宰相が法律に則り捕らえただけだと思っている様子である。

「ともかく、一家全員が投獄されております。少々混乱していますので、ギギ王女は離宮へお戻りください」

子爵だけでなく、彼の妻や子供も纏めて牢屋へ入れられているらしい。

(何てこと!)

自ら罠に飛び込んだ愚かな子爵は、まんまと家族ごと宰相に命を握られてしまったのである。

ギギは、ぎりっと奥歯を食いしばる。そして兵士に礼を言うと、離宮に戻るふりをして、城の一角にある囚人を収容している塔へ向かった。子爵はともかく、巻き込まれた彼の家族が心配だ。

囚人の塔の付近は人が寄りつかずいつも閑散としており、砂利がむき出しで、雑草も生えっぱなしだ。きれいに整備された王宮の庭との差が目立つ。

ギギは警備兵に見つからないようタイミングを見計らい、塔の中の牢屋へ向けて歩を進める。

湿ったかび臭い空気が鼻を突き、思わず顔をしかめた。

外と同様に塔の中も整備されておらず、ところどころ石の壁が壊れている。入ってすぐの牢屋は格子が壊れている箇所もあり、今は使われていない。

格子から外れた鉄の棒が数本転がっていたので、ギギはそのうちの一本を念のために持っていくことにした。何かに使えるかもしれない。

(……子爵たちがいるのは地下ではなく、上の階でしょうね)

細かい決まりはないが、王族や貴族は上階、身分の低い者は地下に収容されることが多いのだ。

石の階段を上っていくと、五階建ての塔の二階に、子爵家の親子三人はいた。三人は、それぞれ隣同士の牢屋に入れられている。

ギギが様子を窺っていると、彼らはちょっとした修羅場を起こしていた。

ギギから見て一番手前の牢屋に入れられている子爵夫人が、金切り声で夫に抗議しているのだ。

彼女は明るい茶色の髪をかきむしりながら、緑色の目で子爵を睨みつけている。

「いつもいつも、あなたの言動にはうんざりしていましたが、今回ばかりは限度を超えています！　何ですかこれは⁉　宰相から、家族揃っての登城を命じられたというのは真っ赤な嘘ではありませんか！　実際は、強情なあなたの我が儘に利用されただけ。その上、投獄されるなんて良い恥さらしです！」

夫人の話から推測するに、子爵は嘘をついて家族を城へ連れ出したらしい。夫人としてはだまされた気持ちなのだろう。

「あなたの独りよがりな正義感は、もう懲り懲りです！　何の力もないくせに宰相に抵抗して、周りを巻き込んで大事にして……あなたは王宮の勢力図が理解できないの⁉　挙げ句の果てに平気で家族を犠牲にするなんて！」

彼女の言い分はもっともだ。しかし子爵は夫人の言葉に聞く耳を持たず、大声で反論する。

「何を言っている、これは大義のための行動なのだ。俺が動かなければ、この国は腐ったまま衰退していく一方なのだぞ！　国の礎になるのなら、お前も本望だろう？」

「寝言は寝て言ってくださいな。国の礎どころか、このままでは犬死に一直線でしょう⁉　大義大義と喚いているけれど、あなたは口先ばかりで何も成し遂げていないわ！　注目されて、自分に酔って気持ち良くなっているだけよ」

「黙れ！　亭主に歯向かうのか！　お前は素直に俺に従っていれば良いんだ！」

「その結果が牢屋行き!?　ふざけるのも大概にしてくださる!?」

子爵と夫人は目を血走らせながら、お互いを容赦なく詰り続ける。

そんな白熱した夫婦喧嘩のせいで、二人はギギの存在に気がついていない。

ギギは周囲を警戒しつつ、彼らの牢屋へさらに近づいた。

今いる場所から彼らの牢屋までは長い廊下で繋がっており、少し距離があるのだ。そして、彼らの牢屋の傍には鍵を持った兵士がいる。

(彼らを纏めて逃がすことができればいいのだけれど、あの兵士が厄介だわ)

ギギがどうやって兵士の目をかい潜ろうかと考えていたその時、透き通るようなか細い声が彼女の耳に届いた。

「あの、お父様もお母様も落ち着いてください。今は喧嘩をしている場合ではないです。ここから出る方法を考えましょう」

声の主は、バシリエフ子爵の子供である黒髪の小柄な少年だ。

(彼のことはすでに調べてあるわ。子爵家の一人息子でシューラ・バシリエフくん、齢十一歳。しっかりしているわね！)

メイドたちの噂話によると、ギギよりも一つ年上の彼は、利発で穏やかな性格らしい。

ちなみに、貴族なので子爵一家にも妖精の血が混じっている。当然シューラも、威力は低いだろうが魔法を使えるはずだ。

シューラは噂に違わず賢い少年のようで、牢に入れられているという状況にもかかわらず、懸命に両親を宥めている。

しかし、子爵は「子供は黙っていろ」と一喝してシューラを無視した。彼は、何がなんでも自分の正義を貫き通す気らしい。たとえ、家族を犠牲にしてでも。

何の考えもなしに家族を連れ出し、玉砕覚悟で城に来る男なので、もともと妻や息子への情が薄いのだろう。

（子爵のことを正義感に燃えた良い人かと思っていたけれど、少し頑固すぎるみたいね。それに、いくら素晴らしい理念を掲げていても理想ばかりで実態が伴っていない）

バシリエフ子爵の一件を知ったギギは、彼について調べていた。

それによると、過去にも子爵は他の貴族の不正を暴いたことがあるらしい。しかし、その人物を城から追い出しただけで満足してしまい、その貴族は、自分の領地で引き続き同様の悪事を行っていたという。だが、子爵は一度追放した貴族が再び不道徳な行いをしていることに対して、手を打とうとはしなかった。

彼は目の前の人間を糾弾して蹴落とすことにこそ、意義を感じているように思える。悪く言えば、自分の意見を通してスッキリしたいだけ。

（不正をしている方が悪いのは確かだけれど、子爵のやり方じゃ何も変わらないわ）

宰相とその娘の正妃が上にいる体制では、余程のことがなければ改革などありえないのだ。ギギだって色々思うところはあるが、彼らに手出しすることは不可能で、自分の手の届く範囲で動くことしかできない。

彼らの権力を削げるのなら、とっくに力のある他の兄弟がやっているはずだ。下っ端王女のギギたちはともかく、他の王子や王女は有力貴族の後ろ盾がある者も多く、いつも蹴落とし合いを繰り広げているのだから。

しかし、宰相や正妃の地位はここ何年も不動だ。正妃の息子である王太子も大きい顔をして王宮を闊歩している。嫌でも彼らの力がわかろうというものだ。

ギギがモヤモヤしている間も、夫婦喧嘩は続いていた。夫人が「離婚よ！」と叫んでおり、子爵は「許さん！」と憤慨している。

息子のシューラは必死で彼らを止めているが、今のところまったく効果はなさそうだった。

「父上も母上も止めてください！　このままでは、最悪生きて城を出られないかもしれないのですよ？　今は、何とかしてこの状況を切り抜ける方法を考えないと」

だが、二人は息子の言うことになど耳を傾けない。

「お前は黙っていろ！」

「そうよ、シューラは口出ししないでちょうだい！」

両親に同時に怒鳴られたシューラは、怯んで口を噤んでしまった。ショックを受けたようで顔色も悪い。

傷ついたシューラの心情を考えるだけで、ギギは苦しくなる。

「私は跡取りを産む義務を果たしたもの、もう用はないでしょう？　シューラはあげるから実家に帰らせて！」

「子爵家の妻が甘ったれたことを言うな！」

バシリエフ子爵が一際大きな声をあげた瞬間、兵士が彼に怒鳴った。

「うるさい！　静かにしろ！」

（チャンスだわ！）

兵士が牢屋を見てギギに背を向けている隙に、ギギは持っていた鉄の棒を構えて彼に突撃した。それを思いっきり振り下ろすと、見事兵士の後頭部にクリーンヒット！　彼は白目を剥きながら倒れた。

ギギは素早く兵士に近寄り、彼のポケットから鍵を奪う。そして、一番近くにあった子爵の牢の鍵を開けた。

「大丈夫ですか。これから全員助けますので、少し待っ……キャッ！」

しかし、話し終わらないうちに、子爵はギギを突き飛ばして牢屋から走り去っていく。みるみるうちに彼の姿は遠ざかり、階下へ消えてしまった。

（嘘……家族を見捨てて自分だけ逃げた）

子爵は自分で家族を巻き込んでおきながら、一人だけ逃走することを選んだのだ。

足手纏いを連れて逃げるより、一人で逃げた方が確実だと踏んだのかもしれない。何も言わずに行ってしまった今では確認する術もないが、いずれにしても浅慮だ。

(唖然としている場合じゃないわ。夫人とシューラくんを逃がさなきゃ)

続いて、隣にあった夫人の牢屋の鍵穴に鍵を差し込む。

「早く鍵を開けてちょうだい！」

解錠している間、夫人は牢の扉を握りしめ声を荒らげていた。その迫力に圧倒されつつもギギは何とか鍵を開け夫人に話しかける。

「私が出口まで案内しますので、息子さんと一緒に……ウワッ!?」

しかし、夫人もギギを突き飛ばして、子爵と同じく出口へ走り出す。

「あなたみたいなどこの誰ともしれない子供、当てになりませんわ！」

「えっ、ちょっ、待っ……！」

ギギは先ほどと同様、呆気に取られながら夫人の走り去っていく姿を見つめた。子爵や夫人とは面識がなかったので、それが仇となった形だ。

「と、とりあえず、シューラくんも逃げるわよ！　私についてきて」

気を取り直したギギは、シューラに体を向けると、牢屋の鍵を開けて彼を外に促す。両親と違って慎重な彼は、一目散に塔から出ようとはしない。ギギは一瞬身構えたが、今度は突き飛ばされずに済んだ。

それからギギはシューラを連れて、先に逃げた二人を追う。

一階に下りたところで、子爵や夫人が廊下の途中で立ち止まっているのが見えた。やはり気を変えて息子を待っていたのかと思ったが、様子がおかしい。

すると、出口から誰かが入ってくる。見ると、現れた人物は宰相と屈強な兵士二人だった。

ギギとシューラは、慌てて近くの物陰に隠れ息を潜める。

(思ったより動きが早い。宰相は、子爵が城に来た機会を利用して全てを片づける気なのね。何もこんなにスマートにやらなくてもいいのに)

さすが宰相。敵ながら素早く無駄のない仕事ぶりである。

(これじゃあ、子爵と夫人を助けられないわ!)

子爵たちをどうにか説得して、城の外に逃がそうと思っていたギギは歯噛みした。今見つかれば、ギギ自身もただでは済まない。

(正面からじゃ、宰相に太刀打ちできないし! 怪我だったら私の魔法で治せるけど、死者の蘇生は不可能……)

打開策を考えていると、兵士がそれぞれ動き、持っていた剣を子爵めがけて振り下ろした。瞬間、子爵の野太い叫び声が廊下に轟く。

その声に驚いたギギが急いで目を向けると、彼の心臓に深々と剣が刺さっていた。

恐ろしい断末魔の叫びの末、辺りにむせ返るような血のにおいが充満する。

「嫌ぁっ! 助けて、私は関係ないわ! やめて、お願い、キャアーッ!」

続いて子爵の近くにいた夫人の金切り声も響く。彼女も同様に胸を一突きされ、ドサリと床に倒れた。

ふと隣を見ると、両親の凄惨な死を目の当たりにし、シューラが青い顔で震えている。そんな彼の手を、ギギはしっかりと握りしめた。

残るは、子供のシューラのみ。彼だけでも助けなければならない。

兵士と宰相は牢屋のある方へと歩き出す。親二人が逃げ出したので、シューラがいるのか気になったのだろう。

進行方向にいたギギは、宰相たちから隠れるために近くの牢屋に走り込んだ。

「……っ⁉」

「大丈夫、私を信じて。こっちに、抜け道があるの」

驚いた顔のシューラの腕を引いて、ギギは小声で呼びかける。シューラは不安げに瞳を揺らしながら、大人しくギギの後について来た。壁に開いた、子供しか通れない程度の亀裂をくぐり抜け、隣の牢屋に移動する。そして窓にはめられていた格子を外して庭へ出た。

「あそこの格子は取り外しできるの。一階は壊れている箇所が沢山あるんだけど、窓代わりの格子が外れることは意外と知られていないみたいね」

そう言ってシューラを振り返り、ギギは彼を安心させるために笑みを浮かべた。

「私はギギ、あなたを助けたい……」

力強く彼に伝えると、シューラは緑色の切れ長の目を見開いた。

「ギギ、王女？」

「あら、知っているなら話は早いわね。残念ながら私には宰相に対抗できる力がないから、あなたを一旦街へ隠すわ。辛いでしょうけれど、少しの間、平民の子供として街ですごして欲しいの……何かあれば孤児院の院長経由で私に連絡してちょうだい。可能な範囲で手を貸すから」

本当は傍で見守りたいけれど、シューラを離宮でかくまうのは危険だ。王城にいる宰相にすぐ見つかってしまうに違いない。しばらくは、離れた場所で様子を見る必要がある。

塔を出て城の外壁へ向かっていたところで、後ろを走るシューラが突然悲鳴をあげた。振り返ると、彼の腕を黒い服を着た兵士が掴んでいる。

先ほど宰相が連れていた者とは異なるが、この兵士も宰相の部下なのだろう。

謎の兵士は、真昼の王宮にはおよそ似つかわしくない真っ黒な出で立ちで、顔には仮面をつけており、隙のない身のこなしをしていた。表の兵士ではなく、宰相に飼われている刺客といった方がしっくりくる。

「子爵家の息子だな。そして、もう一人のガキは……使用人の子供か？」

潜入のため王女らしくない格好をしているせいか、正体がバレずに済んでいる。

増援されたら厄介だが、今のところ兵士は一人だけで対処する気のようだ。

（一人でも私たちにとってみれば大変な相手だわ！　逃げ切れるかしら）

とにかく、このままではシューラが殺されてしまう。背に腹は代えられない。

「ごめんなさーい！」

言ってギギはぎゅっと唇を結ぶと、足下の砂を掴み、謎の兵士の顔面めがけて投げつけた。咄嗟にシューラの手を放した兵士を横目で確認しながら、ギギは街の方向へ全力疾走する。

「こっちよ！」

「は、はいっ！」

ギギは必死の表情を浮かべて、シューラの手を引っ張る。

シューラは、お坊ちゃま育ちのせいかあまり体力がないようで、早くも息切れを起こし苦しそうだ。

「街の中に入ったら、相手を撒きやすくなるわ。もう少しだけ頑張って！」

「ギギ王女、僕のことはもう良いです。それに、僕を助けたことがバレたら、あなたの身だって危なくなります。どうか、このまま……」

シューラは王女であるギギの身を案じる。この期に及んで、自分の命を粗末に扱う彼に、ギギは強い憤りを覚えた。

ギギは苦しそうに告げる彼に向かって怒鳴る。

「置いていけとか言ったら怒るわよ！　私はあなたを助けに来たのに、途中で投げ出したりしないわ！」

「ですがっ！」

なおも言葉を重ねようとするシューラの手を、ギギは再び引っ張る。

「良いからついて来て。私は王女だし、最悪捕まっても、すぐに殺されたりしないはずだから」

花の植えられた庭から渡り廊下、そして使用人たちの居住区を抜けると、城壁の一部が崩れている場所が見えた。ギギの知っている脱走用通路の一つだ。

「ほら、出口よ」

ギギの言葉に、シューラは、強張ってはいるものの僅かに笑みを浮かべて頷く。新緑の色をした目が緩み、年相応の可愛らしい顔が見え隠れする。

抜け穴を出たギギとシューラは、城下町のお屋敷街にもぐり込む。

王城にほど近いここは、貴族の屋敷が建ち並ぶ閑静な場所だ。豪華な外観の屋敷はいずれも高い塀に囲まれ、よそ者を寄せつけない荘厳な雰囲気を漂わせている。

朝早く、静かな道の石畳には、ギギたちの小さな足音だけが響いていた。

（そろそろ、私も息が上がってきたわ。ここまで来れば大丈夫かしら？）

屋敷の塀の陰に隠れながら、ギギはそっと息を整える。

「ええと、シューラくん？　大丈夫？」

「シューラでいいです。はい、何とか……」

大分息が上がっているものの、シューラの瞳は気丈さを保っている。まだ、大丈夫そうだ。

「これから、あなたを私の知り合いのところに――」

そこまで言いかけた瞬間、背後からギギの喉元に何か冷たいものが突きつけられた。

思わず息を呑み、ほんの少しだけ振り向いて確認すると、先ほどの仮面の兵士が銀色に光る刃の先端をギギに当てていた。

（――っ！　ここまで追ってくるなんて！）

驚きと恐怖で声も出せないギギを、シューラが青い顔をして見つめる。

自分のツメの甘さを猛烈に後悔するが、もう遅い。せめてシューラだけでも逃がそうと、彼の方を向いて口を開く。

「逃げ、て……」

喉の奥から絞り出した声でそう告げると、シューラはいやいやと首を横に振る。

「この場にあなたを置いていくなんて、できません！」

「良い、から。早く……！」

王女である自分は、すぐに殺されることなどないと高を括っていた。捕まっても取り調べを受けてから処分されるはずだと。

しかし、今のギギの格好は、普通の王女よりもかなり質素だ。

（一見王女には見えないわよね）

少し調べればすぐに正体がわかるのだが、相手はギギのことを確認する気さえない。背後に感じる凍るような殺気からして、完全に殺す気でいるのだろう。

ここにいると、二人とも命が危ない。

何とか抵抗して兵士を足止めしようと身構えたその時、喉に当てられていた刃物が鋭い音を立てて地面に転がり落ちる。

「えっ？」

驚いていると、背後に立っていた兵士もドサリと崩れ落ちた。目の前に立っているシューラが目を大きく見開きながらギギの背後を見ている。

振り向こうとした瞬間、ギギは後ろから強く抱きしめられた。

何事かと慌（あわ）てていると、肩越しにギギの良く知る声が響く。

「このっ……大阿呆（おおあほう）王女！　俺の忠告も無視して、こんなところで何やってんだ！　馬鹿！」

声の主に気づいたギギは、ハッと息を呑み後ろを振り返った。

「――っ!?　その声、キリル!?　どうしてここに？」

離宮に置いてきたはずの彼が現れて、ギギは軽く混乱する。

そして、すぐ脇に兵士が倒れているのを見て我に返った。兵士の背中からは、大量の血が噴き出している。

「……えっと、これは？」

「ギギを殺そうとしていたから、先にこいつを殺（や）った。あのままだったら、お前は頸動脈（けいどうみゃく）を切られて一巻の終わりだ」

冷たい目をして兵士を見やるキリルは、事もなげに言い放った。

倒れている兵士は、ピクリとも動かない。

「この人は、死んだの？」

「だから、そう言ってるだろ。あの場で気絶させる余裕はなかったし、何よりギギの顔を見られた。俺が間に合わなかったら、どうする気だったんだ？」

「そっか……そうよね」

まだ少し考えが纏（まと）まらないが、キリルは危険を顧（かえり）みずにギギを守ってくれた。一歩間違えれば、自分が兵士のように倒れていたかもしれないのに、体を張ってギギを救ってくれたのだ。

「……その、助けてくれてありがとう」

きっと城の中でギギを捜し回っていたのだろう、キリルは全身にびっしょりと汗をかいている。

彼が来たことによる安心感からか、ギギは今になってへなへなと体の力が抜け、その場に崩れ落ちそうになった。それに気づいたキリルが、抱きしめていた腕の位置を上げてギギを支える。

「おい、立てるか？」

キリルは気遣わしげな表情を浮かべながら、顔をぐいっとギギに近づけた。

「ええ、大丈夫」

じっと自分の顔を覗き込むキリルに、何故かギギの心臓がドクンと脈打つ。

（きっと、兵士に襲われて怖かったからね）

まだ声が震えているし、殺されそうになった恐怖は消えていない。

それを悟られないよう、ギギはキリルに笑みを向けた。

「キリル、怪我はない？」

「無傷だ。前に怪我をした時が例外だっただけで、いつもはあんな奴に後れは取らない。俺のことより、少しは自分の心配をしたらどうだ？」

一言一言を言い聞かせるように、キリルは柄にもなく優しい口調でギギに告げた。彼の言葉や不器用な優しさに、じんわりと心が温かくなっていく。

「それにしても、キリルって強いのね」

「やっと気づいたのか。お前が殺されると思ったら、体が勝手に……い、いや、何でもない。今のは忘れろ！」

最後、早口でそう言い放つと、キリルの頬がみるみるうちに赤く色づいていく。

それを隠すために自分を再び抱きしめてくるキリルの手を、ギギはそっと取った。

「本当にありがとう。あなたは、私の命の恩人ね」

微笑(ほほえ)みかけると、キリルは顔を逸(そ)らしてボソボソと呟く。

「……借りを返しただけだ。それよりもさっさと移動するぞ。人通りがないとはいえ、いつ見つかるかわからない」

「そ、そうね」

まだ震える足に力を入れ、ギギはお屋敷街を歩き出す。ギギから離れたキリルは、シューラに近づいて彼の耳元で囁(ささや)いた。

「もし、あの場でギギを見捨てて逃げていたら、俺がお前を殺してた」

物騒(ぶっそう)な言葉が聞こえてきて、ギギは足を止めて「キリル？」と呼びかける。

（キリルも本気じゃないだろうけれど。いや、本気じゃないと思いたい……）

とにかく、出会ってすぐの相手に向けて言う言葉ではない。

けれど、シューラはキリルの言葉に動じることなく、しっかりとした面持(おもも)ちで答えた。

「ギギ王女は命がけで僕を逃がしてくれたんだ。そんな彼女を見殺しにできるわけがない」

シューラの力強い目を見て、何故かキリルの殺気が一層増した気がする。二人の間に漂(ただよ)う危ない気配を消し去るため、ギギはあえて明るい声で話しかけた。

「さ、さあさ、行きましょう！　すぐに行きましょう！」

どうして出会ったばかりでこんなに険悪な雰囲気になるのか気になるものの、今はシューラを安全な場所まで逃がす必要がある。追っ手は他にもいるかもしれないのだ。

「……人通りの少ない道を教えてやる。その子供を逃がすんだろ？」

「ええ、そうなの」

素直に頷くと、キリルはギギの手を引いてぶっきらぼうに言った。

「王女様より俺の方が適任だ。行き先は？」

「城下にある孤児院よ。大通りを東に抜けた先の小さな建物で……」

「あそこか。わかった」

もともと刺客としてあちこちで働いていたおかげか、キリルは城下に詳しいようだ。ギギが説明をしなくても、目的の孤児院に見当をつけた。

怪しい道や、建物の間の細い隙間、他人の庭を走り抜け、あっという間に孤児院の近くに出る。

「凄い、キリル！　ありがとう！」

彼の新たな特技に、ギギは興奮しながらキリルを褒め称えた。一方、シューラは胡乱な目でキリルを見ている。

「……彼は、何者なんですか？」

キリルの正体については、離宮にいる僅かなメンバーしか知らない。ここで告げる必要もないだろうと、ギギは曖昧に微笑んで誤魔化した。

孤児院の門をくぐると、かつて助けた子供たちがギギに気づいて走り寄ってくる。

「ギギ様じゃん！　どうしたの、遊びに来たの？」

「よく来たなあ。あ、この間は野菜を持って来てくれてありがとうな！　全員で料理して食べたんだ！」

小さな子供たちが足に纏わりつき、ギギよりも年齢が上の子供たちはギギに優しい眼差しを向ける。

（ああっ、天使たち！）

愛らしい子供たちの姿に、目尻が自然と下がってしまう。

ギギが定期的に援助している王都の孤児院では、離宮の畑で働く少年の仲間たちも暮らしていた。

ギギ自身は自覚していないが、間接的なものも含めると、彼女の救った子供の数は五十人を超える。

彼ら全員が、恩人であるギギを「聖女」だと慕い、何かあれば力を貸すと言っていた。

「院長先生はいる？」

「奥にいる。案内するぜ！」

一番手前にいた男の子が人なつこい笑みで言うと、ギギの手を取り引っ張った。

子供たちと一緒に、ギギとキリル、シューラは移動する。

目つきが悪く背の高い院長は、老朽化した建物の奥にある炊事場でジャガイモの皮を剥いていた。

昼食の準備中のようだ。

その姿を認めて、ギギは笑みを浮かべながら男性に声をかけた。

「院長！」

ギギの声に反応した院長は驚いた顔をする。

「あん？　ギギ様じゃねえか。またお忍びか？」

小さく頷いたギギは、院長に素早く要件を告げた。

「訳あって、あなたにお願いしたいことがあるの。この子の面倒を、しばらく見てもらえないかしら。ちょっと厄介な事情があって、ここしか頼めるところがなくて」

ギギはそう言うと、目線をシューラに向ける。シューラが訳ありだと知った院長は、子供たちを解散させてギギに近づいた。

「……話を詳しく聞こう」

ひとまず受け入れられたようで、ギギはホッと息をつく。

場所を院長室へ移し、破れた椅子に腰かけたギギはこれまでのことを説明した。

「――というわけで、この子は宰相から命を狙われているの。面倒事を持ち込んで申し訳ないのだけれど、シューラを放っておけなくて。こういう案件は、あなたにしか頼めないのよ」

顔に似合わず子供が心から大好きな院長とギギは、同志と言っていい。しかも、院長は貴族の庶子で、裏の方面にも顔が利くのだ。

そういった事情から、ギギは困ったことがあると院長に相談を持ちかけている。

「リスクがあるから無理強いはしないわ。駄目なら別の手を考えるし」

院長は少し考えた後、小さく唸りながら頷いた。

「わかった、引き受ける……が、そのままじゃ駄目だ。こいつを少し預かるぞ」

そう言って、院長はシューラを連れて奥の倉庫に向かう。

残されたギギとキリルは、院長室の古い椅子に座ったまま二人を待つことにした。

待っている間ふと隣に座るキリルを見ると、彼はもの凄く不機嫌な顔でギギを見つめている。黒いオーラが背景に見えそうだ。キリルはおもむろに口を開いた。

「おい。さっきは聞きそびれたが、何故一人だけであいつを助けに向かった？『俺も行く』と言ったよな？」

「……あなたを含めて、他の人を巻き込みたくなかったのよ。危険なことをしに行くわけだし」

キリルは、冷たく光る紫の瞳でギギをじっと見つめる。

ギギには、キリルがここまで言うことは意外だった。今日までのやりとりを思い返すに、彼にこんなにも心配されるとは思っていなかったからだ。

どちらかというと、いつもツンツンした態度で、ギギと関わるのを嫌がっているように見えた。しかし、今は初対面の時ほど拒絶されていない。徐々に心を開いてくれているというのがわかり、少し嬉しくなる。

一人でニマニマしていると、「何笑っているんだ、真面目に聞け」と、さらに叱責が飛んできた。

「いいか、今度から、何かする時は必ず俺を連れていけ。俺が一緒なら、お前を危険から守ってやれる」

「今日のことは感謝しているけれど、危ないことは駄目よ。子供に無理をさせるわけにはいかないわ」

そう言うと、キリルは呆れた様子でため息をつき、ギギの両頬をつまんで引っ張った。みょーんと顔が横に伸びた状態のギギに、キリルは真顔で抗議する。

「その言葉、そっくりそのまま返す。ガキなのはそっちもだろ？　しかも俺より年下だ」

「わ、私の頭の中は大人で。だから、あなたたちを守りたいわけ――」

ギギの話を遮って、キリルは鼻で笑う。

「何を馬鹿なことを。そういうことを真顔で話すところが子供なんだ。一応は王女なんだから、黙って俺に守られておけばいいだろ」

ギギの頬をつまんでいた手を離し、キリルは偉そうに腕を組みながら言った。王子としてやっていけそうなほど、無駄に堂々とした態度だが、その姿が妙に板についている。刺客時代に培ったものだと言われたらそれまでだけれど、釈然としない。

キリルは昔のことを話したがらないが、刺客をする前は良いところのお坊ちゃんだったのではーーなどと、勘ぐってしまった。

（食事だってお上品に食べるし、仕草も割と洗練されているものね）

そんなことを考えていると、キリルが片手をギギの首筋に添える。

「首、見せてみろ」

「えっ？」

「怪我してる」

傍に置いてあった手鏡を渡されたので確認すると、いつの間にか首筋に小さな傷ができていた。そこから血が滲んでいる。

おそらく、追っ手の兵士にナイフを当てられた際に切れたのだろう。

「お前の治癒魔法は、自分自身に対して使えないと聞いた。だから、俺が診てやるよ」

先日、キリルにはギギとリザが治癒魔法と防御魔法を扱えることを話していたのだ。

強引にギギの腕を取ったキリルは、提げていた小さな鞄から瓶薬と布を取り出し、手際良く傷の手当てを始める。

「こ、こんな場所で……」

「他に誰もいないから大丈夫だろ。あのナイフに毒は塗られていなかったようだが、雑菌が入ると困る。あいつにつけられた傷というだけでも、イライラするのに」

最後に呟かれた言葉が聞き取れなくて首を傾げると、キリルは「何でもない」とため息をついた。

「よく薬を持っていたわね」

「外に出る時は、大体持ち歩いてる」

彼からは依然不機嫌そうな空気が伝わってくるが、こうやって手当てをしてくれるあたり、キリルなりに親愛を示しているのかもしれない。

こんなかすり傷に消毒だなんて大げさだと思うけれど、心配をかけてしまった手前、ギギは大人しく処置を受けた。

「しみる……」

「それくらい我慢しろ。頭は大人だと口にしていたじゃないか」

キリルはそう言って、じっとりと冷めた視線をギギに向ける。

「うう、痛いものは大人だって痛いのよ。大人が完璧で万能だなんて思っちゃ駄目。できる限り、そうありたいものだけどね」

「だから、お前はまだ子供だろ」

何度目かわからないため息をつきながら、薬を片づけるキリル。軽口を叩き合っている間に、彼は手際良く手当てを終えていた。

(無駄のない処置だわ。キリルって器用なのね……)

いつも世話を焼くばかりだったので、こういうのは少し照れる。

何となく落ち着かない気持ちになって、ギギの首に手を添えている彼に上目遣いで訴えた。

「あ、あの、そろそろ手を離してくれない？」

「何故？」

不思議そうな表情で、キリルはコテンと首を傾げる。可愛い、可愛いけれどあざとい。首をスリスリ撫でられると落ち着かない。

ギギはほだされないように自分を戒めながら、言葉を続けた。

「いや、変でしょ？　手当てが終わったのに、私に触れたままなんて」

キリルと並んで話をするのはいつものことだというのに、今日は妙にドキドキしてしまって困る。

冷静になれと自分に言い聞かせるが、キリルはそんなギギの心の葛藤(かっとう)など露知(つゆし)らず距離を詰めた。

抱き寄せられ、彼の体温が直(じか)に伝わってくる。

「もう少し、ギギとこうしていたい」

「……何故⁉」

いつの間にか、自分の方が問い返す事態になり、あわあわと慌(あわ)てるギギだったが、はたと気づく。

(しっかりしているけれど、まだ子供だし、やっぱり甘えたいのかしら?)

キリルの真意はいまいちわからないが、ギギは彼の抱きしめる腕をそのままにした。

しばらくして、院長たちが部屋に戻ってきた。抱きしめ合うギギとキリルを見た彼は、戸惑いを含んだ声で呟く。

「お前ら……仲が良いんだな」

院長の存在を認めたキリルは、勢い良く腕を解(ほど)くと、耳まで真っ赤にして気まずげな表情を浮かべる。それを見たギギは、自分の頬に熱が集まるのを感じた。

そしてふと、院長の隣にワンピースを着た可愛い女の子が立っているのに気づく。

(……ん?)

よく見ると、女の子はどこか見覚えのある顔立ちをしていた。

「……えっと、もしかして、シューラ?」

ギギが問いかけたところ、その子は黙ってこくりと頷(うなず)く。無理に女装させられたのか、かなり不本意そうな表情だ。

「とりあえず変装させることにしたんだが、途中でガキ共に見つかってな。奴らが『それじゃあバレてしまうわ。外見を変えましょう！』と、お古やら何やら持ち出してきて……」

そうして、みるみるうちに、シューラは可憐な美少女に変身させられてしまったそうだ。孤児院の子供たちは、やることがアグレッシブである。

可愛らしい格好をしたシューラは、おずおずと前に出てギギの手を掴んだ。

「あなたのおかげで、この孤児院で保護して頂けることになりました。ありがとうございます、ギギ王女。このご恩は……」

「何を言っているのよ。それに、私はあなたのご両親を助けられなかったわ。本当は全員を逃がしたいと思っていたのに、宰相の動きを見誤った」

もっと早く動けていれば、もっと良い方法を考えつけば――。後悔がギギの胸に押し寄せる。

シューラは、ギギの手を取ったまま頭を下げる。

「本来なら、全員殺されていてもおかしくありませんでした。たとえ城へ出向かなくとも、刺客を送られていたかもしれません。父は悪い人間ではありませんが、少々後先を考えずに動く性格だった。母は父に結婚当初から嫌気が差していたようでした……おそらく僕は望まれて生まれたのではなく、義務で作られただけの子供だったのでしょう」

シューラは淡々と両親のことを語る。本人にそんなことを言わせてしまう現実が悲しくて、ギギは黙って彼を抱きしめた。

「お、おいっ！」

隣にいたキリルがギョッとした表情で声をあげる。

「身の安全のため、あなたには、しばらく孤児院に隠れてもらわなきゃならないわ。慣れない生活で大変なこともあるでしょう。何かあれば院長経由で私に連絡をちょうだい。できる範囲で力になるから」

いきなり抱きしめられたシューラは、戸惑いを隠しきれずにオロオロしている。

けれど、しばらくして恥ずかしそうにギギに言った。

「……他人から抱きしめられたのは、初めてですね。ちょっとビックリしましたが、悪くないです」

それを聞いたキリルが、目に見えてソワソワし始める。

(どうしたのかしら？　キリルもシューラのことを抱きしめてあげたいと思ったのかしら？　優しい子ね)

先ほどキリルに感じた落ち着かない気持ちは、いつの間にか消え去っている。

目の前の愛しい子供たちを眺めながら、ギギは穏やかな気持ちで目を細めたのだった。

帰り道、ギギはキリルと手を繋いで城下を歩く。時刻はすでに夕暮れ時で、人々が買い物を済ませて家路に着く光景が至るところで見受けられた。

古い石畳の道の上には、二つの長い影が仲良く並んで伸びている。

「それにしても、孤児院の子供たちはお前に懐いていたな」

キリルの言葉に、ギギは苦笑いを浮かべた。

「最初は拒絶されたのよ？　王女様の偽善だって。でも、ちょくちょく顔を出して、孤児院の経営を助けたり、お菓子を沢山あげたりしたら仲良くなれたの。院長も同じ」

「オッサン…………あんな顔をして、王女に餌づけされていたのか」

歩いている路地のあちらこちらから、夕飯のいい匂いが漂ってくる。王宮で物騒な事件があったなんて思えないほど、平和な風景がそこにあった。

シューラのことは心配だったが、弱小貴族の無力な子供一人に大々的な追っ手をかけてはいないようで、街はいつもどおり穏やかだ。そのことに、ギギは少しだけホッとした。

「宰相たちは、外聞を気にしているのでしょうね。幼い子供一人を大勢で追い回して捕えるなんて、聞こえの良いものではないから。それに、貴族の子供が平民として街で生きていくのは難しいとわかっているのでしょう……今のところ、何とかなりそうで良かったわ」

ギギの言葉を聞いたキリルが、冷たい声で反論する。

「一歩間違えば、お前まで命を落としていたかもしれないのに、何が『良かった』だ？」

「でも……」

言い訳するギギを見て、キリルはわざとらしく大きなため息をつく。

そんな彼に、ギギはためらいがちに言う。

「キリル、今日はありがとう。あなたのおかげで、あの子を助けられたわ」

「……あいつのためにやったわけじゃない」

「それに、私自身も助けてもらった」

「………」

ツンツンしたいお年頃のキリルだが、根はとても良い子だとギギは思っている。不機嫌な彼を宥めるため、抱きしめてよしよしと頭を撫でた。

ビクリと体を硬直させたキリルの顔が瞬く間に赤みを帯びていく。彼はすぐに顔を逸らしてしまったけれど、きっと恥ずかしがっているのだろう。

いつも冷静な彼の照れる姿を見て、ギギはもっと構いたくなる。

「うりうり～。可愛いわねえ、キリルは」

両手でわしゃわしゃと髪を撫でていると、下から一際低い声が響いた。

「……もういい、お前に男として見られていないのはよくわかった。なら、あとは俺が勝手に動くだけだ」

「えっ？　ごめん、ちゃんと聞き取れなかった」

「知るか！」

手を止めてキリルの顔を覗き込むと、彼はギギの両手を掴んで持ち上げる。近くの民家の壁に背中を押しつけられる形になり、ギギは少し焦った。

「お前に子供扱いされるのは、まっぴらなんだよ」

どこか熱のこもった瞳でギギを見据えるキリルは、姿勢を低くして——口づけた。

ぎこちない、ぎゅっと押しつけるようなキスだ。

「……っ⁉」

あまりに唐突な出来事に、ギギは両手を掴まれたまま目を見開く。すると、キリルはゆっくりと唇を離した。

（な、何？　何なの？）

ギギはキリルに声をかけようとしたが、思考が停止して言葉が出てこない。前世も含めた今までの人生で、こんな事態に陥ったことはなかったのだ。

どぎまぎしていると、キリルが掴んでいたギギの腕を自分のもとに引き寄せた。

「俺はお前を母親代わりにしたいわけじゃない。いい加減わかれ」

耳元でキリルが甘く囁き、ギギの心臓がドキドキと音を立てる。

紫色の瞳に真剣な光を浮かべたキリルは、腕を解くと、片手で優しくギギの頬に触れた。彼の顔が赤いのは、夕日のせいではないだろう。

「身分はともかく年齢は対等だ。俺の方が一つ上なんだから子供扱いは許さない。あと、俺以外の男を抱きしめるのも気に入らない」

「えっ？」

彼の言葉を聞いて、ギギは、先ほどシューラを思わず抱きしめてしまったことを思い返した。彼は、そのことを怒っているのだ。

（もしかしてヤキモチをやいているの⁉）

事態を理解すると同時に、じわじわと顔が熱くなるのを感じた。

どうすれば良いのかわからず、ひとまず心を落ち着けようと息をつき、大人の対応をする。

「はいはい、対等に扱って欲しいのね。可愛い子なんだから」

「お前……まだ何か、勘違いしてないか？」

キリルは片眉を上げ、ギギに疑いの眼差し(まなざ)しを向ける。

そんな彼を見たギギの心には、くすぐったいような不思議な感覚が湧き上がっていた。

（一体何なの、この気持ち……）

謎の感覚の正体に蓋(ふた)をしたギギは、キリルに手を引かれて大通りを歩き始めた。

2　成長と再会

シューラを救ってから五年が経(た)ち、ギギは十五歳になった。長い金髪はそのままで、背は少しだけ高くなった。離宮に住む他の子供たちも成長し、以前よりも様々なことができるようになり、ギギを助けてくれている。母のポリーナだけは相変わらずだが……

特にキリルはギギの護衛兼、専属侍従と化している。過保護で無駄に偉(えら)そうなのが玉に瑕(きず)だが実力は申し分なしだ。

以前所属していた組織は、早々にキリルは死んだものと判断したようで、彼に追っ手などは一切かかっていない。もともと、任務に失敗して命を落とす子供が多いのだろう。

食事マナーやふとした仕草などに不思議と上品な部分があったキリルは、きっちりした護衛や侍従の姿が良く似合っている。とても元刺客には見えない。

とはいえ、離宮の侍従はそこまで堅い役職ではなく、主にギギの身の回りの世話をする仕事である。

用事があって王宮に出向く時も、キリルは必ずギギについて来るのだ。

顔は良いのに威圧的かつ冷たい態度のせいで、キリルは王宮のメイドたちから憧れられると共に恐れられてもいた。

（遠巻きに、熱い視線で見られるタイプね）

ギギとしては、モテて後宮に引き抜かれたら寂しいので助かっている。

以前と比べると、ギギたち親子の生活もほんの少し良くなっていた。

離宮の子供たちがそれぞれ頑張ってくれていることと、護衛であるキリルのおかげで後宮の面々から嫌がらせされる機会がかなり減ったのだ。また、ギギが治癒魔法の悪用を思いついたからという点も挙げられる。

この五年の間に、自分の治癒の効果を逆転させて使うと、様々な体調不良を引き起こすことができることに気づいた。

それで、あまりにも悪質な相手に対しては、泣き寝入りをせずに逆襲することにしたのだ。

例えば、妹に言いがかりをつけて暴力を振るった姉王女たちのお腹の調子を少しだけ悪くしたり、母に冤罪を着せた王妃をぎっくり腰にして、しばらく離宮へ近づけないようにしたり……などなどだ。

ちなみに、命に関わる重病や重傷にすることはできない。

次第に、後宮内では離宮の者に関わると良くないことが起こると噂になり、ギギたちに攻撃的な態度を取る者は少なくなったのだ。

(平和が一番!)

こうして、ギギたちはのびのびと離宮生活を謳歌しているのであった。

他にも、離宮のメイドである少女が後宮の人間の様々な弱みを掴んだり、キリルと畑仕事担当の少年がいつの間にか手を組み、城の衛兵たちを舎弟にしたり……色々あったのだ。

時折、他の王子や王女が恐ろしいものを見る目でギギを見るけれど、気にしない。

(度を越した嫌がらせをされなければ、何もしないわよ?)

とはいえ、自身を平和的な性格だと自負しているギギは、彼らから化け物を見るような目を向けられるたびに複雑な気持ちになるのだった。

あれからも、ギギは各所で子供を拾っては世話をしていた。大抵は離宮よりも環境の整った孤児院へ送るのだが、「どうしても」と離宮暮らしを熱望する子供がたまにいて、その場合は引き取ることにしたのだ。そうしてこの五年の間に増えた子供が、離宮に五人もいる。

畑仕事を担当していた少年は、もう十八歳であり独り立ちしても良い年齢だが、ギギたちの傍を離れたくないという理由でまだ離宮に留まっていた。料理担当のメイドの少女も同じである。

現在、彼は離宮外の仕事を、料理担当の少女は離宮内を取り仕切っている。

離宮の自給自足生活は相変わらずで、この日もギギは洗濯物を山積みにした籠を運んでいた。

五年前よりは整備された庭を危なっかしい足取りで歩いていく。子供が増えた分、洗濯物の量も多いのだ。

子供たちは全員畑に出ているのか、家の前の庭にはギギしかいない。短く刈られた草の上を、転ばないよう気をつけながら慎重に進む。

すると、偶然庭を通りかかったキリルが、ギギを発見して大慌てで走り寄ってきた。

「ギギ、駄目だろ。一人でこんなに重いものを持ったら」

冷めた性格と言われることの多いキリルだが、ギギの前では少し態度が違う。何というか……やたらと過保護なのだ。

かつてギギがキリルの世話をしていた時以上に、最近の彼は自分を甘やかそうとしてくる。

「それに、手が荒れる。洗濯は俺がするって言ったのに」

「大丈夫よ。これくらい私だけでもできるし、キリルだって忙しいでしょう?」

しかし、キリルは問答無用でギギの洗濯物を取り上げた。

「あっ」

「離宮の子供の頭数が増えたんだから、適当に割り振れば問題ないだろ。あんたが拾ってたらし込んだ子供は、皆怖いくらい従順だ」

「拾ったのは……まあ、そうだけど。たらし込むって何? 人聞きの悪い」

心外だとばかりにギギがキリルを睨むと、彼は呆れたように首を横に振った。

「あれが、たらし込む以外の何だと言うんだ？　今や後宮の若いメイドや兵士だって、あんたの信者だらけだ」

「そんなのじゃないわよ。子供の時に少し面倒を見てあげたから、仲良くしてくれるだけで」

キリルは、諦めた様子で大げさなため息をつく。こういうところは昔のままだ。

「とにかく、これは没収だ。そろそろ王女らしくしたらどうなんだ？　使用人は足りているだろ？」

「そうなんだけど。習慣というか、何というか……」

「他の奴は、あんたに意見しなすぎる」

「ああっ！　ちょ……籠っ！」

無情にも、キリルはギギの洗濯籠を持ち去ってしまった。

（……うう。洗濯物を取り上げられちゃったし、することがなくなったわ）

キリルの成長や優しさは嬉しいが、ちょっと寂しく思うギギである。

（時間が空いたからお菓子でも作ろうかしら。ちょうど、皆のおやつを切らしていたし）

ギギはコソコソとキッチンへ向かい、年季の入った石製の調理台の前に立った。

自家製の小麦粉や卵、バターや砂糖を用意して、棚からボウルなど調理器具を取り出すと、クッキーを作り始める。

（後で、離宮の皆に配ろう）

ギギは一人頷くとバターを器に入れて混ぜ、その後に砂糖を入れる。

（さらに混ぜて柔らかくなったら卵を投入……）

生地が出来上がったら、オーブンに入れて焼いていく。すると、甘い匂いが部屋の中に漂い始めた。転生前のような便利な調理器具はないので、火加減に気を配らなければならない。放っておくとすぐ焦げてしまう。

焼き上がったクッキーを冷ますため、テーブルに置いた皿に並べていると――

「ん、美味い」

横からひゅっと伸びてきた手が、あつあつの出来立てクッキーをつまんだ。

「あ、こら！」

隣を見ると案の定、キリルが澄ました顔をして立っている。洗濯が終わったようだ。

皿の前に陣取った彼は、無言で次々クッキーを手に取って口へ運ぶ。

「それ、まだ冷ましてないんだけど？」

「熱い方が美味いからいい」

キリルはギギの作る菓子を気に入っているらしく、こうして出来上がる頃になると、どこからともなく姿を見せるのだった。

「他の子にあげる分がなくなっちゃ――むぐっ！」

文句を言うギギの口内に問答無用でクッキーを突っ込むキリル。

(もうっ！　何をするのよ！　確かに焼きたてのクッキーは格別だけど)

――と思っていたのが伝わったのか、キリルは人形のように整った相貌を和らげた。

「な？　美味いだろ？」

珍しく笑ったかと思えば、彼はギギの唇をじっと見つめる。熱い視線を向けられたギギは、何とも落ち着かず視線をさまよわせた。

「あ、あの？」

すると、キリルは冷たい美貌（びぼう）をぐっと近づける。唇と唇が触れそうなほどの距離に、ギギは自分の顔に熱が集まるのを感じた。

「……ギギの方が、もっと美味（うま）そうだな」

「……っ！」

彼は二つ目のクッキーをギギの口に突っ込むと、恍惚（こうこつ）とした表情を浮かべてそのまま指先でギギの唇をなぞった。慣れない感触に、ギギはぞくりと身を震わせる。

（ゆ、指が！）

抗議の念を込めてキリルを睨みつけたギギだが……ふと、彼の瞳に違和感を抱いた。紫色の瞳孔（どうこう）が縦に伸びて、まるで爬虫類（はちゅうるい）の目のようになっている。

（あれ……？）

五年前——彼を保護した時にもキリルの瞳の変化を感じたことがあった。その際は見間違いだと思っていたが、今のキリルの瞳は普通ではない。

（もしかすると、何か悪いものを食べて病気になってしまったのかもしれない。さっきの奇行も、きっとそのせいだわ！）

焦ったギギがキリルに治癒（ちゆ）魔法をかけると、彼は不思議そうな顔で見つめ返した。

「何で、俺に治癒魔法をかけるんだ？」

「だって、あなたの瞳が……何か、縦に裂けて見えるから。病気じゃないかって心配になって」

「――っ⁉」

キリルが驚いて素早くギギから離れる。

「どうしたのよ？」

不思議に思って再び彼を見ると、瞳孔は普段のものに戻っていた。

（治癒魔法が効いたのかしら？）

心配で尚もキリルの様子を窺っていると、彼は何故か顔を赤らめて視線を泳がせる。先ほどとは立場が逆転したようだ。

「気分が悪いなら、今日は部屋でゆっくりする？　ずっと頑張ってくれていたし、きっと疲れが出たんだわ」

「……いや、そうじゃなく」

「大丈夫。あと残っている仕事は少しだけよ」

ギギが強引にキリルを部屋に連れていくと、彼は戸惑いつつも素直に中へ入った。

「体力は休まないと戻らないわ。治癒魔法ではどうにもできない」

ギギはそう言って、ベッドに寝かせたキリルの髪を優しく撫でる。

「……また子供扱いする」

キリルは不満げではあるものの、抵抗するわけでもなく気持ち良さそうに撫でられていた。まるで、気位の高い猫のようだ。

「何かあったら呼んでちょうだいね」

他人がいると休めないだろうと思い、ギギは彼の部屋を後にする。

（それにしても、不思議な症状だったわね。あんな病気は知らないし、調べた方がいいかも）

キリルの部屋を出たギギは、その足で王宮の書庫へ向かった。

※

「最悪だ……」

ギギが部屋を出た後、残されたキリルはベッドに突っ伏してうめき声をあげた。

「ここに来て、またなのかよ」

過去の苦い記憶が頭を巡る。

刺客になる前、キリルはビエルイから遠いジアントという国で生活していた。第五王子――キリル・ベクーナ・アバルキンとして。

ジアント王家には、今は絶えたと言われている龍族の血が流れている。

龍族は力強くて頑丈だと戦場で重宝されていた。しかし、時を経るうちにジアント王家では「忌むべき存在」と成り果てていた。

孤高で協調性に欠けた性質は扱いづらく、強すぎる力は周囲との軋轢を生んだ。さらに龍族の特性である執着心の強さは、たびたび問題となった。

龍族は気に入った異性を番とし、手元に置き、何にも優先して守る傾向がある。

過去には、王が他国の王女を攫って国際問題になったり、勝手に王位継承権を放棄して庶民と駆け落ちしたり、それはもう頭が痛くなるような事件ばかりを引き起こしてきた。

しかも、それらは必ずと言っていいほど流血沙汰の大事件になっている。

戦場での輝かしい活躍を差し引いても到底看過できるものではなく、やがて、龍族は厄介者以外の何者でもないという認識を人々に植えつけた。

そういった歴史もあり、ジアントでは龍族は忌み嫌われて、その血は意図的に排除されてきたのだ。

今では血が薄まり、龍族の特徴を引き継ぐ王族はいなくなっていたが、ごくたまに先祖返りをする者が現れる。

——キリルのように。

龍族は感情が高ぶると、瞳孔が縦に細まる。

「変化を抑えるためには常に冷静でいなければならない」

——と、キリルは幼い頃から母である第三王妃に言い聞かされた。

母は、先祖返りを生んでしまったことが明るみになり、自分が咎められることをひたすら恐れていたのだ。彼女が一人息子を愛することはなく、むしろ自分を危機にさらす化け物だと疎んじていた。

広い王宮の中で、キリルはいつも一人で、孤独の意味も理解せずにすごしていたのだ。

そんなある日、キリルは偶然王宮へ侵入した賊に襲われた。どうやら兄王子と間違われたらしい。

しかし、すぐさま護衛の兵士が駆けつけ、キリルは無事に保護された。

そこまでは良かったのだ。

感情が高ぶり恐怖に打ち震えるキリルの紫色の瞳は、爬虫類のように縦に裂けていた。それを大勢の人間に見られてしまったのである。

現場にいた人々は王族に龍族の血が出たことに激怒し、揃ってキリルを糾弾した。

昨日まで幼い王子に微笑みを向けていた者が表情を一変させ、キリルを捕らえようと荒々しく腕を掴んでくる。龍族の特徴を隠していた忌まわしき王子だと攻撃してくる。

恐怖や混乱も相まって、キリルは目の前が真っ赤になり、身の内から湧き上がってくる衝動が抑えきれなくなった。

気づけば辺りは血の海で、生きているのは広い部屋の中央に佇むキリルだけ。周囲には兵士や使用人など、様々な人間の死体が折り重なっている。

「あ、ああ……」

呆然とするキリルは、新たにやって来た兵士によって王の前に引っ立てられた。

もはや、隠し通すことはできない。

「どういうことだ、これは！」

真っ赤な顔で怒鳴る他の王妃や役人たち。厳しい目で母とキリルを睨みつける父王。

助かる術など、どこにもない。

すぐさま母は幽閉され、キリルは化け物を城内に置いておけないと王宮を追い出された。

追放されたキリルは、道中でまた賊に襲われる。偶然狙われたのではなく、化け物として父王に始末されるのだと幼い頭で理解していた。

キリルを殺しにきた刺客は、父の子飼いの者ではなく金で雇った流しの暗殺者のようだった。

ジアントでは龍族に手をかけることすらも厭われていたのだ。

もうどうにもならないのに、絶望でいっぱいのはずなのに、キリルはまだ生きることを諦めきれない。幼い頭で、何とか逃げ延びる方法を考え続ける。

（今、目の前にいる刺客はおそらく他国の者。ならば、龍族の血が彼らの仕事の役に立つはずだ）

死ぬ間際に、必死に自分の有用性を訴えかけたことで、キリルは刺客としての人生を歩むことになる。

そこからは、日常生活では必死に龍族の特徴を隠した。強い力は便利だが、やはり普通の人間には気味悪がられるからだ。

いつも冷静に、感情を荒立てることなく、淡々と任務にいそしむ。使い捨ての子供だったはずのキリルは組織の中で成果を挙げ、大人ですら難しい仕事もこなすようになっていた。

ある日、仕事に失敗して命を落としそうになったが、そこをギギに拾われて一命を取り留める。

彼女と関わるうちに過去の暗い記憶は徐々に薄れ、少しずつではあるがキリルはギギの前で本音を出せるようになっていった。

離宮では穏やかな気持ちですごせるので、龍族の特徴も上手に隠してこられたし、近頃ではその存在すら忘れていたというのに。

（子供の頃とは違い、感情のコントロールも上手くいっていたはずだ。今になって再発するとは完全に予想外――いや、そうじゃないな。抑えきれない気持ちがあるからか）

キリルはその感情に思い当たることがあった。

（ギギ……）

彼女への想いが抑えられなくなって、とうとう瞳に出てしまったのだろう。これまでは顔を逸らしたりしてどうにか誤魔化してきたが、限界のようだ。

龍族の力は、成長するにつれて増していくと言われている。子供時代はその場その場で何とかなっていたが、十六歳を迎えた今、力の制御が難しくなってきていた。ちょっとしたことで、瞳の形が変わってしまう。

ギギのことになると、キリルはいつも激しく感情を揺さぶられる。それは年々、酷くなる一方だった。

（……ギギには知られたくない）

彼女はキリルの瞳孔の変化を病気だと思ったようだが、何かのきっかけで龍族の血を引いていることがバレるかもしれない。その後のギギの反応が怖かった。

ジアントの城にいた兵士や使用人みたいに、彼女の態度が変わったらと思うと、気が気でない。

キリルにとって、ギギはいつの間にかかけがえのない存在になっていたのだ。

いや、素直な態度を取れなかっただけで、本当は拾われた時から——あの抱きしめられて眠った夜から、キリルは彼女から離れられなくなってしまった。

そんなギギに自分を否定されたら、どうなるのか想像もつかない。自制心を失い、ギギを誰の目も届かない場所に閉じ込める可能性もある。

それくらい、ギギはキリルにとっての唯一で、替えの利かない存在なのだ。見ると独占したくて仕方がなくなるし、彼女が他人ばかり構っていると無性に腹が立つ。

(厄介だな。龍族というのは愛情が強すぎる)

自分にも、過去の龍族のように愛ゆえに誘拐・監禁・流血沙汰の大事件を起こす傾向があることは自覚している。

先ほどのことだってそうだ。クッキーをギギの口に放り込んだまでは良かったが、その後我慢できずにあんなことをしてしまった。

それがきっかけで瞳が変化して、正体がバレる危機に陥ていたらく……

(どうしようもないな、俺は)

この想いを鎮めようと思う一方で、そうしたくないともう一人の自分が心の中で叫ぶ。そして体は本能に忠実に動いてしまう。

このままいけば、きっとギギに対する衝動を抑えられないという予感があった。

※

長い時間、書庫で調べものをしていたギギは、大きな古い本を片手に離宮へと戻ってきた。その本は、人間族以外の種族――妖精族や龍族に関する資料だ。

最初、キリルの瞳は病気かと疑っていたのだが、どの医学書を読んでも、そのような症状は見当たらない。

今度は生物関連の文献を片っ端から当たっていったところ、すぐに先ほどのキリルの状態と龍族の特徴が一致していることがわかった。

その本には、龍族は感情が高ぶると瞳孔の形が変化すると書かれていた。

とはいえ、龍族は妖精族と同じく今はもう見かけない。人間族の血に淘汰され、その存在は消えてしまった。

(キリルの様子が心配だし、もう一度見に行こう)

ギギは本を手にしたまま、キリルの部屋へ向かう。

古い木の扉を控えめにノックすると、彼は起きていたようで中から返事があった。

「キリル、私よ。具合は大丈夫？　何か欲しいものはある？」

「……特にない」

いつものことだが、彼の答えは素っ気なかった。キリルは基本的に他人に甘えることを良しとしない。そのくせ、ギギには頼れと言ってくる。

だから、ギギはできる限り自分からキリルを甘やかそうと決めていた。

「部屋に入ってもいいかしら？」

「構わない」

許可をもらい、ギギはそっとキリルの部屋の中に足を踏み入れる。

ギギは、寝台にうつ伏せになっているキリルに語りかけた。

「キリル、あなたの目のことなんだけど。もしかすると、病気ではないのかもしれないわ」

「……ああ」

少し間を置いて、彼はモソモソと小さな声で返事をした。

「あのね、本で調べただけだから確実じゃないんだけど、もしかすると、キリルの目は生まれつきの特徴かもしれなくて……」

話の途中でキリルが起き上がり、ギギと向き合うように寝台に腰かけた。そのまま、どこか気まずそうに口を開く。

「悪い、実は知ってる。さっきは動転して言えなかっただけで、俺には龍族の血が混じっているらしい。妖精族の血を継ぐビエルイ王家なら、龍族関連の文献も残っていただろう」

「えっ？」

ギギが仮説を言い出すより先に、本人によって先に肯定されてしまった。驚くギギを眺めながら、キリルは話を続ける。

「俺みたいな人間はどこの国でも珍しいし、妖精族とは違って性質や外見に特徴があるから周囲に受け入れられにくい。だから、ずっと黙ってた。祖国では厄介者扱いされていたしな。……両親や兄弟は普通の人間なのに、俺にだけ龍族の特徴が表れたんだ」

「……感情が高ぶると、瞳孔の形が変わるっていう？」

ギギが尋ねると、キリルは自嘲気味に笑った。

「なるべく平常心でいるよう心がけていたが、ギギが絡むと駄目だな。どうしても抑えが利かなくなる」

「えっ、何か腹が立つことでも言ったかしら？」

「そういう意味じゃない。俺がギギに対して……」

そこまで言うと、キリルはためらいがちに口を閉じる。いつもの彼らしくない態度を不思議に思い、ギギは先を促した。

「何？」

「何というか、欲情している」

とんでもない言葉を聞いたギギは、思わず壁際まで後退した。

「へっ!?　突然何を言い出すの!?　よ、よよよ欲情!?　そ、それって、そういう意味での欲情？キリル、あなたまだ十六歳よ？」

ギギは声を上ずらせ、ソワソワと目を泳がせる。そんなギギの様子を見て、キリルは呆れた様子で首を横に振った。

「当たり前だろ、他にどんな欲情がある？　あと、世の十六歳の男の頭の中なんてそんなものだ」

「嘘よ、あんなに可愛かったキリルが『欲情』だなんて。せめて『恋情』とかに変換しようよ」

現実を受け止めきれず、ギギはキリルに斜め上な提案をする。可愛かった子供時代のキリルの姿が、走馬灯のようにギギの頭の中を流れていった。

「いつまでもガキ扱いするな。それに、俺があんたを意識し始めたのは出会ってすぐの頃だ」

「かなり昔ー！」

ギギはそう叫ぶなり、ばっと頭を抱える。

それにしても、キリルが自分を意識する理由がわからなかった。頬が熱を持ち、彼を真っ直ぐ見ることができない。

特に美人というわけでもないし、スタイルも普通だ。自由に使えるお金は少なく、これといって彼に好かれる要素はないと思う。

「ど、どうして私……？」

キリルは自身をあざけるように言葉を紡（つむ）ぐ。

「こればかりはどうしようもない。龍族は一度決めた相手を、おいそれと変えることができないんだ。そういう習性なんだよ」

文献によると、龍族というのは、良く言えばとても一途で、悪く言えば執着心が強い。特に恋愛面において、龍族は自（みずか）らが選んだ番（つがい）を情熱的なまでに愛し、生涯（しょうがい）大事に扱うという。

（その相手が私ということなのね。どうしよう……うわぁ、うわぁ）

ギギは気持ちを鎮めるために、フルフルと頭を振る。

困ったことになったと思うけれど、それとは別に温かな感情が湧き上がってきた。キリルは、自らの伴侶ともいえる相手に自分を選んだのだ。そう思うと、胸がくすぐったくなる。変な感じだ。

「あんたも災難だな、龍族の俺に目をつけられて。悪いがいくら拒絶しても、無駄だからな」

そんなことを言われ、思わずギギはぱちりと瞬きする。

「災難だなんて。私は、そんなことを考えていないわよ？」

不思議なほど、嫌だという気持ちはなかった。

照れくさいけれど、龍族だろうが妖精族だろうが、キリルがキリルであればまったく気にならない。

（……って、変ね。私、彼の想いを受け入れているみたいだわ）

しかし万が一、ギギがキリルの気持ちを受け止めたとしても、問題がある。

第十九王女であるギギは、いずれどこかへ嫁がされる身。そこに個人の意思が介入する余地はなく、キリルの想いが成就することなどないだろう。

密かに愛人を持っている王妃や王女は後宮に何人もいるが、ギギはそういうことができるタイプでもない。

そのことで、後々彼が苦悩することが心配だ。

（あれ、こんなことを考えるなんて……私、キリルのこと）

思いついた可能性に、顔が徐々に熱くなり、心臓は早鐘を打つ。

（これって、この子を恋愛対象として意識しているということ？）

戸惑いは大きいが、今まで一緒に育ってきた大好きな子供に好かれるのは純粋に嬉しい。

（でも、キリルは子供で……）

政略結婚の件を抜きにしても、そんな相手に恋情を抱いて良いわけがない。前世の年齢を考えると犯罪だ。

けれどこのまま黙っていてはいけないと思い、ギギは口を開く。

「キリル、私をそんなふうに思ってくれてありがとう」

大人らしく、波風立てない当たり障（さわ）りのない回答。けれど、彼はその答えに眉をひそめた。

「そういう言葉が聞きたいんじゃない。お前自身の気持ちは？」

「今言ったじゃない」

ギギは困ったように笑いかける。すると、キリルはツンとした態度でギギに言った。

「どうせまた、俺を子供扱いしてるんだろ。でも、そんなことを軽々しく口にして、後で後悔しても知らないからな？　龍族は引くことを知らない。曖昧（あいまい）な答えだと都合良く解釈する」

まじまじと紫色の龍の瞳に見つめられ、ギギはますます落ち着かない気持ちになる。恥ずかしくなってきたギギは、話を戻そうと口を開いた。

「というか気になっていたのだけれど、あなた、随分龍族のルーツに詳しいのね。ずっと、自分でも調べていたの？　私もわざわざ本を読まなければわからなかったわ」

「いや、自分で調べていたわけじゃない……もとから知っていたんだ」

整った顔を曇らせて考え込んでいるキリルはどこか頼りなげで、今すぐ傍で支えてあげたい衝動に駆られる。

ややあって、彼は決意を固めたように話し始めた。

「実は、ギギに言っていないことがある。俺は、ビエルイじゃなくてジアントの出身だ」

「ジアント？　そこって、ここからかなり遠い国よね？」

「ああ」

ギギの問いに、キリルはゆっくり頷く。

ビエルイのはるか西にあるジアント王国は、古くから続く大国だ。気候はビエルイよりさらに寒く、一年のほとんどが雪に覆われているという。

ギギはキリルから、彼の驚愕の生い立ちや、今までの生活についての全てを聞いた。

ジアントの王家出身だということ、龍族の特徴が出て使用人を死傷させてしまったこと、王家を追放されて殺されかけたこと――

ギギは、黙って彼の話に耳を傾けることしかできない。必死で生きてきた彼の境遇を思うと、やり切れない気持ちになる。

（本当に、辛い思いをしてきたのね……）

そして、以前から思っていたが、やはりキリルは良いところのお坊ちゃんだった。

（というか、まさか追放された元王族だったなんて予想外だわ。ジアントと絶縁した今、もうしがらみはないのでしょうけれど）

混乱しっぱなしのギギの顔を、気づけばキリルが至近距離で覗(のぞ)き込んでいた。美形の急接近に、思わず息を呑む。

先ほど告白のようなことを言われたせいか、やはり彼を前にするとドキドキしてしまう。

(何やっているの、私！　真剣な話をしている時にこんな年下の子を意識するなんて。それにキリルは私が育ててきたようなものなのよ？　正気に戻りなさい、ギギ！)

しどろもどろになっているギギに、キリルの美しい顔がさらに近づいてきて——

「ちょ、ちょっと待ったー！　キリル、近い、近い！」

慌(あわ)てて両手で制止すると、彼の方から「チッ」と舌打ちのような音がした。

(気のせいだよね？)

とりあえずキリルから離れようとしたのだが、それより先に手を掴(つか)まれ力強く引き寄せられる。後ろから彼の腕が回り、逃がさないと言わんばかりにぎゅっと羽交(はが)い締(じ)めにされた。

「へあっ!?　ちょっと、何するの？」

「いや……拒否しないんだな。もっと頭ごなしに怒られて、拒絶されると思っていたから拍子抜けした」

「あのねえ、欲情しているとか言われたくらいであなたを嫌うわけがないでしょう？　どれだけ一緒にいたと思っているの！」

振り向いてそう言うと、キリルは紫色の瞳でじっとギギを見つめる。その瞳孔(どうこう)は縦に広がったままだった。彼の想いが直(じか)に伝わり、ギギは恥ずかしくて逃げ出したい気持ちに襲われる。

気まずくなって押し黙ると、キリルはニンマリと笑った。僅かな妖しさと色気を含んだ笑みだ。

キリルの腕はギギにしっかりと巻きついたまま離れない。

「なあ、ギギ？　一緒にここから逃げないか？　義務やしがらみを全部放棄して。ここでの生活は、嫁ぐまでの期限つきだ。いくら現状に満足していたとしても、どこの誰ともわからない相手のもとに、いずれ嫁に出される。そこで幸せになれる保証はない」

「まあ、そうだけど」

「現実問題、先に生まれた姉王女の嫁ぎ先を決めることすら、妥当な家がなくて難航しているのだろう？　今の俺なら、ギギを連れて後宮から逃げられる。第十九王女なんて、いなくなっても大して気にかけられないんじゃないのか？」

耳元でそう囁くキリルに、ギギは首を横に振った。

「そうはいかないよ。こういうのは王女の仕事なんだから、逃げちゃ駄目なの」

何不自由なく……いや多少の不自由はあったが、ギギたち王族は国民に生かされている身だ。

国のために生きているのに、勝手を言って義務を放棄することは許されない。

それに、母ポリーナや妹のリザ、他の子供たちをこのまま離宮に放っておけない。

(それくらい、キリルだったらわかるでしょうに)

なのに、簡単に逃げるなどと口にする。

ギギは自分を抱きしめるキリルの手に触れ、考えを巡らせた。

(ずっと一緒にいたし、キリルのことは良く知っている……なのに)

今の彼が何を思ってそんなことを口にするのか、ギギにはまったくわからないのだ。

胸に広がる不安を抑えるように、ギギはキリルの手をぎゅっと握(にぎ)りしめた。

※

ギギに想いの丈を伝えた翌日、キリルは離宮の庭を整えていた。

昔に比べると随分華やかになった庭には花壇が設置され、小さな白い花が沢山咲いている。

当のギギはといえば、あれから特に変わった様子は見られない。

彼女は昨日焼きすぎたクッキーを配るべく……いや、信者をさらに手懐(てなず)けるべく茶会の準備をしている。本人は無自覚だが。

かつては王宮内で孤立していた離宮にも、最近は訪れる者が徐々に増えていた。

ギギが他人にばかりかまけていることを複雑に思えど、そんなお人好しな彼女はキリルにとってかけがえのない存在だ。昨日、自分の想いや過去を受け入れられたことで、ますますキリルはギギに惹(ひ)かれていた。

この王宮には危険も多いから、護衛として何があってもキリルはギギを守る所存だ。

今回の茶会でも気は抜けない。キリルはギギを守るため、今日も給仕役として傍(そば)に控(ひか)えるつもりだった。ギギが分け隔(へだ)てなく他人を受け入れるのならば、キリルは全員を疑ってかかれば良い。

離宮の庭には、十人程が座れるテーブルセットが置かれ、リザの作った小花柄のテーブルクロスがかけられている。

そして、その上には、籠に入ったギギのお手製クッキーの他にも数々の菓子が並べられていた。

参加者が揃うと、メイドの少女が白いティーカップに茶を淹れていき、リザも席に座った。

今回集まったのは、後宮で働く若いメイドたち。休日の合った総勢十人程が離宮を訪れ、ギギに心酔している者もいれば新規の者もいるようだ。

彼女たちからは王宮や後宮の様々な情報を得られるので、離宮暮らしのギギは喜んでいる。もっとも、ギギの場合は情報よりも、子供に会いたいという動機が勝っているが。

「今日は来てくれてありがとう。沢山食べていってね」

後宮に仕えるメイドなら、菓子を食べる機会は普通にある。下っ端はともかく、ある程度の地位になればそれなりに収入もあるのだ。

しかし、ギギの作る菓子は、後宮内で食べられる菓子とは比べものにならないほど美味い。しかも、元王族のキリルですら見たこともない菓子を考案して作ったりもする。

ギギは王女なのに、ジアントの王宮料理人よりも確かな技術を持っていた。

「こっちは焼きプリン、こっちはマカロン、これはスコーンね。サンドウィッチも作ってみたの。沢山食べてちょうだい」

ギギはそう言って菓子を一つ一つ指差す。

ギギの菓子に、茶会初参加のメイドたちは驚くと共に目を輝かせている。

「こんな美味しいお菓子、食べたことがありません！　感激ですわ！」

「ギギ様、もったいないですわ。これを世に広めないなんて……」

「毎回、離宮のお茶会に参加するのが楽しみなのです！　良かった、今日がお休みで！」

楽しげに話をする若いメイドたちを見て、ギギは嬉しそうに笑った。

彼女たちは最近入った新入りのメイド以外、ギギが拾って育てたようなものなのだ。今では、各自それなりの地位に就いている。

黙って給仕係に徹していたキリルは、一人だけ様子のおかしなメイドがいることに気づいた。ギギのすぐ隣に座っている新入りのメイドだ。

怪しく思って観察していると、彼女はギギが目を離した隙に、カップの中に何かの欠片を投入した。

（薬か……？）

他の人間は誰もそれに気がついていないらしく、会話に興じている。そのメイドだけが、緊張した面持ちで震えていた。

「おい……」

キリルがメイドに声をかけると、彼女がビクリと肩を揺らした。その瞳からは、怯えがありありと見て取れる。

ギギはキリルたちの様子を見て、不思議そうに首を傾げた。他の者も異様な雰囲気に気づき、手を止めてメイドを凝視している。

「キリル、どうかしたの？」

「このメイドがお前のカップに何かの薬を入れたんだ」

キリルが射殺さんばかりにメイドを睨むと、彼女は顔を真っ青にしてぎゅっと唇を噛んだ。

キリルの言葉に、ギギは目を丸くしてメイドに視線を向ける。

しかし、ここでギギは予想外の行動に出た。……いや、ある意味予想どおりかもしれない。

「可哀想に」

あろうことか、ギギはそう言って、異物を混入したメイドをぎゅっと抱きしめたのである。

「ギギ、様……？」

「こんなに震えて、怖かったのね。あなたは良心がある子よ」

突然のことに、抱きしめられたメイドは声も発せないでいる。

「大丈夫、ここであなたを罰したりはしないわ。誰かに命じられて、仕方なく行動したのでしょう？」

「——っ！　は、はい。そうなのです」

優しく問いかけられたメイドは、目に涙を浮かべコクコクと何度も頷く。

（ああ、また信者が増えそうだ。ギギは甘すぎる）

キリルは、げんなりとした気持ちでそれを見守っていた。

（もし異物を口にしていたら、命を落としていたかもしれないというのに……王女に毒を盛るなんて許されないことだ）

イライラするキリルとは対照的に、ギギは愛おしそうにメイドの髪を撫で続けている。

「心配しないで、私が守ってあげるから。主人のもとに戻りづらいようなら、離宮へいらっしゃい」

次々に甘い提案をするギギに、キリルはストップをかけた。

「おいギギ、年下を甘やかすのも大概にしろ。本意ではなかったとはいえ、こいつはあんたを害そうとした。離宮になど置いてみろ、また同じことをしでかすかもしれない」

キリルは怒りを露に、メイドを指差す。

しかし、ギギが口を開く前に他のメイドが次々と立ち上がった。

「いいえ、ギギ様のお手を煩わせるまでもありませんわ。私どもが、この子を再教育いたしますから」

犯人の先輩に当たるメイドが、彼女を連れて席を立つ。

「この子は第二王女様の遠縁にあたる子ですので……おそらく、彼女から命を受けていたのでしょう。王女には私が上手く言って取りなしますので、どうぞご安心を」

そう言って二人は、ギギに持たされた菓子を手に去っていく。ギギは少し寂しそうに彼女たちを見送った。そんなギギを、キリルは横目に眺める。

(自分がどんな目に遭ったのか、まったく理解していないな)

これは、後で注意する必要があるだろう。

もし、ギギが毒に倒れたりしていれば、正気ではいられなかった。今でも、あのメイドを八つ裂きにしてやりたいくらいだ。

だが、それを実行すればギギは自分から離れていく。だから抑えなければならない。それくらいの分別はついていた。

その後、茶会を終えたギギは、せっせと後片づけを始める。

「ギギ様、色々あった後なのですから、少しは休んでくださいませ」

離宮で働くメイドの少女が、心配そうに告げる。

「キリル、ギギ様をお部屋へ。こちらの人手は足りているから」

「ああ、そのつもりだ」

メイドの言葉に頷くと、キリルはギギを無理矢理連れていき部屋に押し込む。

「ギギ、他の王女があからさまにあんたを狙ってきた。しばらくは表に出ない方がいい」

「ここしばらく、他の王妃や兄弟からの襲撃はなかったんだけどね」

「それだけ、ギギが力をつけてきているということだ。どうせ無自覚だろうが、王宮や後宮内にはあんたの信者が増え続けている。毒を盛ったメイドだって、さっきので陥落したぞ。しかも、ギギが援助していた孤児たちの中には、独立して大きな事業を興す者も出てきた」

「そんな、人を教祖扱いしないでくれる？　それに、孤児院から独立した子たちはもとから優秀だったのよ」

ギギはそう言って、へらっと笑う。しかし、そのようなのんきな話をしている場合ではなくなってきている。

事業を興した孤児の中には、仕事を通じて有力貴族との伝手を持つ者も現れ始めた。ギギは彼らを通し、そういった貴族にも多少影響を与えているのだ。

他の孤児の中には、権力者の愛人になったり、大きな商家の中枢で仕事をしたりする者も出てきた。彼らが熱心にギギの素晴らしさを布教し続けるおかげで、後宮内の勢力図が変わりつつある。

後宮での地位がさほど高くない他の王妃やその子供たちは、気が気でないのだろう。

ギギに自分の地位を脅かされるのではないかと懸念して、彼らはこれまで何度も離宮に攻撃をしかけていた。

(油断していた)

部屋の中、キリルは目の前に座るギギを見る。

流れるような金髪に、澄み渡った空のような青い瞳。細くしなやかな手足に、ぷっくりと膨らんだみずみずしい唇。

自分の容姿に無頓着なギギだが、年を追うごとに美しくなっていく。

(誰にも見せたくないし、渡したくない)

王女であるギギに恋情を抱くなど愚かだとわかっているものの、キリルの想いは募っていくのだった。

※

ギギの毒殺未遂事件が起こってしばらく経ったある日、後宮内の離宮に客の姿があった。使用人の子供に呼ばれたギギは急いで客を出迎える。

わざわざ離宮を訪ねてきたのは、色あせたワンピースを着て、大きな鞄を持った黒髪の美少女。

「こんにちは。お久しぶりです、ギギ様」

美少女はにこやかに微笑むが、ギギは彼女の姿に覚えがなかった。これ程の美少女、一度会ったら忘れるはずがないのに。

(誰……？　こんな女の子、孤児院にいたかしら？)

ギギは今まで関わってきた子供全員の名前を覚えている。しかし、いくら記憶を辿ってみても目の前の少女のことを思い出せない。

(最近は孤児院へ顔を出せていなかったし、新しい子かしら？)

まじまじと彼女を見ていると、美少女は口元に笑みを浮かべた。

「五年前は命を救っていただきありがとうございました、ギギ様。私は……バシリエフ子爵家の息子、シューラです。お気づきになりませんでしたか？」

「ええーっ!?」

思いもよらぬ告白に、ギギは驚いて目を丸くする。

何と美少女の正体は以前命を助けた子爵家の一人息子、シューラ・バシリエフだった！

仕草は女性らしく、声も女性にしては低いがまったく違和感がない。彼が無事に成長した姿を見て、ギギは破顔した。

「今まで、孤児院を出て女性として生活していましたから。見覚えがないのも仕方がありませんね」

「そうだったのね。とはいえ元気そうで良かった。あなたが孤児院から安全な場所へ移動したと院長から聞いてはいたわ。あの人のことだから、大丈夫だと思って口を出さないでいたけれど」

ギギの言葉に、シューラは黙って頷(うなず)く。仕草(しぐさ)が本当におしとやかだ。

「院長のご実家のお屋敷でメイドとして働いていたんです。院長は、ああ見えて貴族の庶子ですから。私をその貴族の家で働かせ、まったく別の経歴を作ってくれました。ふふ、経歴詐称って素敵ですね」

「えっと……」

何か良からぬ話が聞こえた気がするが、ギギは敢(あ)えて笑って流す。シューラが無事でいることが一番だ。

「会えて嬉しいわ。でも、どうしてここに？　時間が経(た)ったとはいえ王宮内は危険よ」

かつて、シューラは王宮で宰相に殺されかけた。

あれから五年が経過したものの、自(みずか)ら舞い戻ってくるのは無謀(むぼう)と言わざるを得ない。王宮内ではまだ、宰相の力が大きいのだ。いや、むしろ前よりも増している。

「ギギ様の助けになりたかったからです。ずっと、私はあなたのもとで暮らすことを夢見ていました。ですが、私の場合は宰相のこともあって離宮で暮らすことは困難。ですから、そのために経歴を完璧に詐称し、女性として生きる術(すべ)を身につけたのです。もともと中性的な顔だったのも良かったのかもしれませんね」

はにかむシューラに、ギギは目を瞬(しばた)かせて尋ねる。

「ここで、暮らす？」

「ええ。私はあなたと一緒にいたいのです。以前はあなたに命を救われた身ですが、今度は私があなたを守りたい。先日、物騒な毒殺未遂事件があったとお聞きして、いても立ってもいられず、急いでこちらまで足を運ばせていただきました」

この間の事件の話が出て、ギギは一際目を見張った。きっと、使用人の誰かが孤児院に行った際に口を滑らせたのだろう。

けれど、守ると言われても、ギギとしては可愛いシューラを危険な目に遭わせたくない。せっかく助けた命を大切にして欲しいと思う。

しかし、シューラはそんなギギの思いなど露知らず、にっこりと微笑むと、紳士的にギギの手を取り口づけた。

「――っ!」

柔らかい唇が肌に触れ、ギギは驚きで声が出せない。

王女とはいえ、いつも適当に扱われているギギは、こういった上流階級の流儀に慣れていないのだ。

固まるギギに代わって、どこからともなく現れたキリルが恐るべきスピードでシューラの手を叩き落とし、二人の間に割って入る。

「護衛なら間に合っている。他を当たったらどうだ?」

「あなたは……あの時の」

キリルとシューラの間に、険悪な空気が流れるのがわかった。

「……では、あなたという護衛がいながらギギ様が度々危険な目に遭われているのは、一体どういうことなのですか？」

「全て、未然に防いでいるだろう？」

こめかみに青筋を立てたキリルが低い声で凄むが、シューラは引かない。

「原因を全部潰さなければ、何も解決しませんよ」

「俺も潰したいとは思っているが、ギギが望んでいない」

「話になりませんね」

殺気立つキリルに向かって、シューラは呆れたようにため息をついた。いらだちを隠そうともしないキリルは、冷たい眼差しでシューラを射貫く。

「……帰れ」

「帰りません」

「ギギは俺が守る」

「王女は私が守ります」

ギギは目の前で火花を散らす二人をヒヤヒヤしながら見守った。彼らを止めたいのだが、その隙がない。

どうしようかと考えあぐねていると、妹のリザが顔を出した。

この日の彼女は、シックな色合いの花柄のドレスを身に纏っており、その洗練された出で立ちは後宮内の誰よりもお洒落だ。

彼女はキリルとシューラの険悪な様子を見て一瞬驚いた表情をしたものの、すぐにギギに向き直った。

「お姉様、お知らせしたいことが……」

「あら、どうしたの？　リザちゃん」

「今さっき、国王からの通達があったのですが、一月後、王子王女全員参加の夜会があるとのこと……どうしましょう。また仮病を使って休みますか？」

　王宮では度々、王族や貴族が集まる夜会が開かれる。何かと肩身の狭いギギたちは、理由をつけて欠席することが多かった。

「そうしたいところだけれど、過去にも同じ手を使ったから難しいわね。そろそろ一回顔を出さないと、お父様も気分を害されるでしょうし……国王は敵に回したくないわぁ」

「ですよねえ。ああ、憂鬱ですわ。衣装には困りませんけれど、ギギお姉様以外の兄や姉と顔を合わせても、悪口を言われるだけですから」

　リザはそう言って、心底嫌そうに顔をしかめた。

「そうねえ、王妃たちもクスクスと笑って馬鹿にしてくるし。お母様も不快な思いをしそう」

　だが、何度も理由をつけて逃れてきた手前、今回の夜会には参加しなければならないだろう。

　難しい顔をしていたリザが、ふいにシューラへ視線を向ける。

「そういえば、あなたは？」

「シューラと申します。辺境の伯爵様より紹介状を頂いて、この離宮で働かせていただくことになりました」

「まあ、その伯爵様は……孤児院の院長のお父様ですわよね？　人手が増えるのはありがたいですが、ここでは裕福な暮らしをさせてあげられませんよ？　以前よりは離宮も豊かになりましたが、後宮に比べるとかなり貧しいので」

リザの言葉に、シューラは神妙な顔つきで首を横に振った。

「裕福な生活など必要ありません。私はギギ様にお仕えしたいのです」

「あら、あなたも信者の方なのね？　お姉様には困ったものですわ」

得心の行った顔をしたリザは、苦笑いを浮かべながら慣れた様子で仕事の話を聞き始める。

「……なるほど。シューラさんは、お姉様の身の回りの仕事をご希望ですか。特に仕事の補佐をしたいのね？」

「おい。その仕事は俺だけで間に合っている」

キリルが不満そうな声を漏らすと、リザが眉をひそめつつ彼を見つめ返した。

「キリルはお姉様を独占したいだけじゃない。それに、一人くらい増えても問題ないでしょ？　正式な紹介状を持ってきた相手を追い払ったりできません」

「……あっそ」

言うなり、キリルはこれ見よがしにギギの手を取って、離宮の奥へ引っ張る。これ以上、この場にいたくないということだろう。

成長した彼の大きな手に、ギギは落ち着かない気分になる。強引だが、ギギに触れる彼の指は優しかった。

「あ、あの、キリル……？」

戸惑いながら尋ねるギギをちらっと振り返り、キリルは急に歩みを止めた。

驚いて一緒に立ち止まると、彼はきゅっとギギを抱きしめる。

「護衛は俺の仕事だし、他の奴には渡さない」

「わ、わかったわ。護衛はキリルの仕事ね」

ギギが彼の背中を叩くと、キリルは与えられた役目を放さないと言わんばかりに、ぎゅうっと腕の力を強めた。そんな彼の様子を見て、後ろをついて来ていたシューラが口を開く。

「では、私はギギ様の業務管理から始めようと思います」

シューラの意見を聞いて、彼の隣に立っていたリザが頷いた。

「あら、美味しい仕事を選びましたわね。今までお姉様の業務管理は私やキリル、お姉様自身が分担して行っていましたからね。紹介状に以前も同じような仕事をしていたとありますので心配していませんが、離宮は他と変わったところが多いですから後で説明しますね。まずはあなたの服を選びましょう。サイズが合わなければ作ります。むしろ、作りたいですわ！」

キラキラと目を輝かせるリザはすっかり新人歓迎モードだ。というより、新しい服を製作したいだけだろう。

シューラは整った顔立ちをしているので、衣装の作り甲斐があるのかもしれない。

「うふふ、うふふ。採寸、いいですか？」

怪しい笑みを浮かべて手をワキワキと動かすリザに、シューラは気圧されている。そんな彼の腕をがしっと掴むと、リザはシューラを引きずるようにしてその場を後にした。

「シューラ、グッドラック！」

ギギは親指を立てて、新しい仲間を見送ったのだった。

その後は、キリルと二人で久々の畑仕事に精を出すことにした。イモの収穫の時期なのである。畑も五年前より大きくなり、小屋や道具も新しくなっていた。

使用人たちは他に用事があるのか畑には誰もおらず、キリルと完全に二人きりだ。

「……あの新入り、気に食わない」

似合わない作業着でざくざくと土を掘りながら、不機嫌顔のキリルがぼそりと呟いた。

彼は冷たい美貌の持ち主で、普段から気持ちを顔に出すことは少ないのだが、ギギの前でだけは感情豊かになる。

「あら、どうして？　年も近いし、仲良くやれない？」

「あいつ、絶対にギギに気がある！」

キリルは不穏な目をして断言した。困ったことに、彼の目には自分が美化されて映っているのだ、とギギは思う。自分に気のある物好きなんてキリルくらいだというのに。

「もう、何言っているのよ。そんな変わり者は、キリルだけ……それだって、いわば刷り込みのようなものだわ。最初にあなたを見つけて助けたのが私だったから」

彼の気持ちを嘘だとは思わないけれど、保護した時の要素が深く絡んでいる気がしてならない。

（もしも、出会った時のキリルが怪我をしていなかったら……）

けれど、そんなことを考えていたらキリがなくなる。「もしも」は何パターンも浮かんでくるが、事実は一つだけなのだから。

「ただ助けられただけなら、俺はとっくに離宮を出ていた。今まで残ったのは、怪我も心も救ってくれたのがギギだからだ。あんたといると、居心地が良い……だから」

そこまで言うとキリルは、ぐっと顔を近づける。彼は少し眉根を寄せて、ギギに真剣な眼差しを向けた。

「ギギの愛人になりたい」

「えっ、いきなり何の話？」

キリルがぶっ飛んだことを言うのは珍しくないが、よりにもよって愛人発言。ギギは驚きのあまり唖然として口を開ける。

欲情といい愛人といい、一体どこでそんな言葉を覚えてきたのか。育ての親として複雑な心境だ。

「今の俺では、ギギの正式な夫にはなれないから。まあ結婚相手に腹を立て、そのうち夫の地位を奪ってしまうかもしれないが」

キリルの中では、とんでもない未来予定図が出来上がっているようだった。

「どうしてそういう話になるの？　急に愛人なんて言い出すからビックリしたわ」

至近距離で予想もしなかったことを言われ、ギギの心臓は早鐘を打ち始める。

キリルに好かれていることは嫌ではないのだが、やはり倫理観との狭間で悩んでしまう。

自分は彼の親代わりでもあるのだから、愛人などさせるわけにはいかないし、何とかして止めなければ。

だが、そんな決意を固めるギギを余所に、キリルは攻撃の手を緩めない。

「んぅっ!?」

気がつけば、ギギは尻餅をつき、またしてもキリルに唇を奪われていた。ちゅっと軽くリップ音を立てて唇が離れていく。

甘く痺れるような感覚が体中を走り抜け、ギギは戸惑いながらも抵抗の声をあげる。

「もう！　キリル、何するの？」

「ギギが、いつまで経っても脈のある反応をしないから、少し押してみようと思って。反応、したな？」

ニンマリ笑うキリルは、妖艶な雰囲気をかもし出している。

慌てて首を振るギギだが、キリルはその言葉を信じていなそうだった。その証拠に、妖しい笑みをどんどん深くしている。ギギは頬に血液を集結させ、否定し続けるが……客観的に見て説得力はゼロだろう。

(何で私、こんなにもキリルにドキドキしているのかしら。前からこんな状態になるなんて変だと思っていたけれど、やっぱり――)

キリルはキリルで、ギギの様子を見つつ、いつもより積極的に迫ってくる。

精神年齢は自分の方がずっと高いはずなのに、何故だか彼の方が、そっち方面の知識が多くてちょっと納得がいかない。

「未成年の愛人は駄目よ」

「どうして、そこで年齢が出てくる？　ギギも未成年だろう」

「倫理的な問題です！」

かつていた国――日本では、そんなことをすれば逮捕案件だ。今いるビエルイ王国でも、年上の女性が未成年の愛人を囲うのは表向き批難されている。

王妃の中にはそういう趣味を持っている人物もいるが、こっそりやっているみたいだ。王妃のメイドからの情報がなければ、ギギも知らなかっただろう。双方合意の上のようなので黙殺しているが、やはり印象は良くない。

「未成年じゃなければ、愛人になれるのか？　ビエルイの成人は十八だから、あと数年で……」

妄想を膨らませるキリルを、「そうじゃない」と遮る。

しかし、しどろもどろになっているギギ相手に、キリルは自らの完全優位を悟っているみたいだ。

押し倒すくらいの勢いで、キリルはギギとの距離をさらに詰める。

「ギギを俺だけのものにしてしまいたい。バレなければ何をしても……」

「キリル！　ちょっと距離が近い、近すぎるわ！　そして発言が不穏だわ！」

「俺はもっと近づきたい。ギギと一つになりたい……」

「言い方ー！」

龍族だからなのか、キリルがそういう性格だからなのか、それはわからないが、最近の彼は積極的すぎる。

（そして、それに振り回されてドキドキしている私って……）

ある答えに辿りつきかけて、ギギはぶんぶんと首を横に振る。

「それにな、ギギ。あんたは、そろそろ誰かに頼ることを覚えた方がいい」

「……へっ？」

急に真面目な表情になったキリルを、ギギは目を瞬（しばた）かせながら見つめる。

「あんたは、何でもかんでも他人の世話を焼いて、全部自分だけで解決したがる。けれどそれは、相手を爪の先ほども認めていないのと同じことだ」

「えっ？　キリル？」

「俺がどれだけ懸命にもがいても、ギギはいつも一段上に立っていて、同じ場所まで下りてきてくれない。大事で守りたいと思っているのに、あんたはその気持ちすら正面から受け取ろうとしないし、当てにしない。あげく、誰にも頼らず一人で謎の義務感を抱えて突っ走る。それを見守るこっちは気が気じゃない」

「だって、可愛い子たちに危ないことをして欲しくないから……」

体を離しながら諭（さと）すキリルに、ギギの言葉は徐々にしぼんでゆく。すると、眉間にしわを寄せたキリルは小さく息をついた。

「ほら、いつもそうやって肩すかしを食らわせる。相手を思いやっての発言だと思うが、それはあんたの自己満足。却って残酷だ」

言い返そうと思ったギギだが、何も言葉が出てこない。

そんなつもりはまったくなかったけれど、キリルに指摘されて初めて気がつく。

(皆の思いを無下にしていたということ?)

ギギは、自分がキリルの面倒を見なきゃと一人で駆けずり回っていた。だが、彼の言うとおり、当事者の気持ちを無視していたのではないだろうか。

子供を可愛がりたいというのはギギのわがまま。彼らの世話をしなければという強迫観念めいた義務感は、相手にとっては善意の押しつけにすぎず、むしろ重荷になっていたかもしれない。

そして、キリルの気持ちを信じず、最初から否定した。まともに向き合いもしなかった。

キリルに指摘されたことは、全部事実。

(私、傲慢な考えを持っていたんだわ)

必死に差し伸べてくれたキリルの手を、いつも笑顔で振り払っていた。彼の気持ちを否定し続けた。

それでも傍に居続けてくれたのは、キリルだから。彼だからこそ、根気よくギギを待ち続けてくれていたのだ。

キリルは、今も、ずっとギギの返事を待っている。

そう自覚した瞬間、言いようのない気持ちが溢れ出してきた。

ギギは、はっきりとキリルに対する想いを理解した。自分は、彼のことが好きなのだと。

キリルへの恋心を自覚したギギを前に、キリルはツンとした態度で、言葉を続ける。

「まあ、そんなふうに感じているのは、俺を含めた、あんたに好意を抱いているごく僅かな人間だけだと思うけどな」

自分の気持ちがわかったものの、キリルにどう接したら良いのかわからず、ギギは黙り込んだ。

二人の間に沈黙が流れる。先に口を開いたのは、キリルだった。

「——そろそろ、シューラの衣装が決まった頃だな」

「えっと、そうね」

「……何かもの言いたげな目だ」

鋭い視線を感じ、ギギはふるふると首を横に振る。

「何でもない、何でもないのよ？」

必死に否定するが、キリルはじっとギギを見つめ続ける。

瞳孔が伸びた紫の瞳は水晶みたいに透き通っていて、ギギの想いも何もかもを見透かしているのではないのかと思ってしまう。

ギギは何となく気まずくなって、彼の視線から逃れるように俯いた。

「……ち、違うのよ」

「何が？」

優しく顔を覗き込んでくるキリルに、ギギの心臓が早鐘を打つ。ずっと無意識に感じていた彼への恋心を自覚した今、もはや自分の気持ちを隠せそうにない。

ギギは真っ赤になっているであろう頬を押さえ、小さな声で彼に告げた。

「ごめんなさい、私が悪かったわ。あなたに酷いことを沢山してきた。それでも、あなたはそんな私から離れずに、根気よく向き合い続けてくれたのね。キリル……」

そっと顔を上げてキリルを見上げたギギは、かすれた声で告げた。

「私、あなたが好きよ」

「――っ」

その瞬間、キリルの縦に伸びた瞳孔（どうこう）が、さらに細くなる。

「色んなしがらみを全部抜きにしたら、一生キリルの傍（そば）にいたいって思ってしまったの」

それは、ギギにとって精一杯の言葉だった。

瞬（まばた）きしたキリルは、しっかりギギの言葉の意味を理解したらしく、固い氷が溶けたように破顔する。どこか、泣きそうな表情だ。

「嬉しい。ギギが俺の気持ちを受け入れてくれた」

ここまでキリルに求められていることに、ギギの心は喜びに震えた。もう以前の自分には戻れない。

ほんの少しの後悔を抱きながら、ギギはキリルに目を向ける。

「愛人の件は却下だけどね……」

「じゃあ、ちゃんと夫になれる方法を探す。だから、どこにも行かないで……誰とも婚約しないでくれ」

キリルは眉尻を下げてそう口にすると、ギギの手に指を絡ませた。

「無茶を言うわね。でも、自分から婚約者を探したり作ったりはしないと約束するわ」

はっきり「誰とも婚約しない」と約束してやれない自分は酷い女だ。だが、ギギは無責任に「わかった」などと嘘を口にすることはできなかった。

現状の自分では、王命に逆らう術はない。

「馬鹿正直だな……」

キリルは呆れた様子でギギを見て微笑みながら、その目元に指を伸ばした。いつの間にか泣いていたみたいだ。

「余計な心配はしなくていい。その時になったら、俺が何とかしてみせるから。少しは当てにしてくれるよな？」

試すように言われた言葉に戸惑いつつ、ギギは首を縦に振った。彼の気持ちを信じて尊重しようと決めたのだ。

そしてギギ自身も、心の中ではキリルとの幸せな未来を望んでしまっている。

「でも、危ないことはしないでね。キリルを当てにしていないわけじゃなくて、本当に怪我をして欲しくないのよ。その、あなたが好き……だから」

自分で発した言葉に、またしても顔が熱くなった。

ふと前を見ると、キリルが顔を覆って悶絶している。

「可愛すぎる……くそっ、こんな不意打ち……」

小声でブツブツと何かを唱えているが、詳細は聞き取れなかった。

次の瞬間、伸びてきた彼の手に腕を掴まれる。

「キリル⁉」

「こうなった責任を取ってくれ」

「えっ⁉　何か、不穏な感じなんだけど！」

逃げようとするギギのもう片方の腕も掴み、キリルはそっと顔を寄せた。

「も、もう！　ちょっと、キリル⁉」

再び彼の唇が近づいてきたところで、建物の方からリザが自分を呼ぶ声が聞こえてきた。しかし、キリルは大胆な行動を止めようとしない。

「お姉様～？」

だんだん声が近くなってくる。畑まで来るのも時間の問題だ。

「待って、キリル⁉　駄目だってば……んうっ、んっ！　んんん‼」

ギギの唇をギリギリまで奪ったキリルは、やがて名残惜しそうに体を離した。

(――っ‼　こんなこと、本当にどこで覚えてきたの⁉)

昔から知っているはずなのに、目の前のキリルはまるで知らない人のようだ。

(本当に、私、彼のことを子供だと思って侮っていたのね)

ばくばくと激しく鳴る胸を押さえながらキリルを見つめると、彼は満足げにギギを見下ろしている。不覚にもその表情にまたどくんと心臓が音を立て、ギギはふいっと彼から視線を逸らした。

しばらくすると、ギギの姿を見つけたリザが駆(か)け寄ってくる。

「もう、お姉様！　返事くらいしてください！」

「ごめんね、リザちゃん。ええと、イモ掘りに夢中になっちゃって」

「イモ掘りに夢中だなんて、子供ですか！　とにかく、見てくださいませ。この、素晴らしいメイド服のデザインを!!　これを機に、離宮のメイド服を一新しますわ！」

今まで、離宮を含め後宮には共通のメイド服があった。無難なデザインで、昔から変わらないありきたりなメイド服が。

そんな中、第二王妃やその王女つきの者が、他と区別するため服の襟(えり)に「金魚草」の花飾りをつけ始めた。

「金魚草」の花言葉は「図太い」、「健やか」。

……いつ誰が決めたのかは不明だが、わがままで有名な第二王妃にぴったりなチョイスである。

最近、第二王妃に続いて、後宮では各妃たちが花飾りに留まらず独自のデザインのメイド服を作るようになった。

それを見たリザも、これを機に衣装をデザインしたいとウキウキしていたのである。

離宮の財政状況は以前よりましになったものの、贅沢(ぜいたく)はできない。

ただ、孤児院から独立した子供たちの中に布の卸(おろし)売業を始めた者がいて、余った質の良い布などをギギたちに格安で売ってくれるのだ。おかげでリザの創作意欲は爆発している。

「基本デザインは一緒だけれど、その人によって合うように多少変えてありますの。その方が楽しいでしょう？」

「そうね。こんなことができちゃうなんて、リザちゃんは本当に器用だわ」

ギギが感心すると、リザは思い出したように手を叩いた。

「あっ、そうそう。お姉様の夜会服はすでに出来上がっておりますのよ！　あれを着ていってください、絶対に！」

「う、うん」

リザの迫力に圧（お）されて、ギギはコクコクと頷（うなず）いた。可愛い妹には弱いのである。

「キリルも、格好良い夜会用の護衛服を作ってありますからね」

「……ああ」

どうでも良さそうな顔で、キリルは生返事をした。リザはキリルの態度にむっとした表情を浮かべたが、次の瞬間ニヤリと笑って囁（ささや）く。

「お姉様のドレスと対になっている、カップル仕様の服ですのよ？　絶対気に入りますわ？」

「――っ!!」

わかりやすく、キリルの目の色が変わった。さっそく見せろ、とリザを急（せ）かしている。

(リザちゃん……！　もしかして、キリルの気持ちを知っていたの!?)

妹の観察眼に、つい最近彼の想いを知ったばかりのギギは、大いに動揺（どうよう）したのだった。

※

ギギとキリルの想いが通じ合ってから半月後、王族強制参加の夜会の日がやって来た。

会場となる大広間の天井には巨大なシャンデリアがきらめき、壁には派手な装飾がなされ、奥には豪華な楽団が鎮座している。開け放たれた窓からは、この日のために手入れされた美しい夜の庭が見られるようになっていた。

ギギはポリーナやリザを伴い大広間へ足を踏み入れた。会場を見回すと、参加者の貴族たちの中にはやけに若い男女が目立つ。夜会は王族同士の顔合わせの他に、相手がいない王子や王女のためのお見合いの場でもあるのだ。

だからこそ、財政状況が良くないにもかかわらず、見栄を張って豪華さを演出しているのだろう。

(まあ、私たち姉妹に縁談は来ないでしょうけれど。特にメリットもないし)

大広間には、すでに他の王族も集まっている。その数が多すぎるため、いちいち名前を呼んで入場する形式は取らない。

近くでは、とある王妃と娘の王女姉妹がヒソヒソと会話をしていた。

「見て、辺境の小部族が来ていますわよ。野蛮ですわ」

彼女たちが扇で指し示す方向を見ると、一人の青年が佇んでいた。

やや癖のある茶色の髪を分け、華美ではないが品の良さそうなオリエンタル調の服に身を包んだ彼は、所在なげに会場を見回している。

ビエルイ王国の北側には、自治を認められた部族がいくつか点在している。遠くの地からはるばる王城の夜会に参加した彼もまた、ビエルイ王国と繋がりを持つため、年頃の王女もしくは貴族令嬢を探しているのかもしれない。

「嫌ですわねえ。大体、場違いなのです。いくら、最近力をつけてきたとはいえ、所詮は田舎者」

王妃が鼻にしわを寄せると、王女姉妹も辺境部族の青年を小馬鹿にするように眺めた。

「さっさと相手を見つけないといけませんわね。蛮族と婚約させられるなんて、まっぴらですわ」

「そうですわね。国王陛下も、小部族の動きには敏感になっていらっしゃるし、きっと私たち王女のうちの誰かが嫁ぐことになりそうですから」

「だったら、あのみそっかすの第十九王女や第二十王女が嫁げばいいのよ！」

「本当だわ！　野蛮で図太い者同士、お似合いですこと！　オーホホホッ！」

彼女たちの会話のボリュームは徐々に大きくなり、普通に聞き取れる音量になっている。

(うるさい！　余計なお世話だわ！)

ギギは失礼極まりない彼女たちに、内心で悪態をつく。

しかし、盛大に文句を言っている彼女たちもまた、婚約者探しに焦っている様子だ。条件の良い嫁入り先は、すでに埋まってしまっている。

王女の嫁ぎ先を決めるのは、各貴族との兼ね合いなどもあり、割と面倒なのだ。

「国内のお金持ちが良いですわ。結婚後は、うんと贅沢するの」

「あら、いくら金持ちでも、身分が低いのは嫌よ」

「その逆もね!!」

王女姉妹はそう言うと、扇で口元を隠しながら高笑いした。

彼女たちの言葉は、辛辣だ。

今のビエルイは財政難なので金持ちの貴族は少ない。中には商人などに借金をしている貴族がいるのをギギは知っている。ちなみに、何人かの王妃たちも借金をしているとか。

今回の夜会では、王子も王女も後ろ盾がない者は不人気だった。王女の嫁入り先もそうだが、王子の婿入りも例外ではなく、かなり厳しそうである。

(……そりゃあ、厄介事に関わりたくないわよね。王子たちは王位を争うライバル同士。難癖つけられて領地に被害が及んだら大変だもの)

王女も面倒だが、王位争いが絡む王子よりましだ。

しかし、母親の身分が低いギギやリザは、その中でもとりわけ人気がない。

その上、母親の第十王妃ポリーナと彼女の実家は、後宮入りを機に疎遠になっている。

嫁に行ったんだから、極力実家を頼るなという方針らしい。そのくせ、王妃を輩出した恩恵はガッツリ受けている模様。

つまり、頼れる後ろ盾は一切ない。

この先も、母親の実家がギギやリザを助けてくれることはないだろう。

妹のリザがデザインした紫色の細身のドレスを着たギギは、居心地の良い壁際を探し大広間をうろうろと移動していた。

ゆったりと流れるようなドレープは歩くたびに優雅に揺れ、他の王女のゴテゴテとレースをあしらったドレスとは一線を画している。

その横を、護衛のキリルが洗練された白い護衛服を着て歩く。その服には、ところどころ紫色の模様が入っており、さりげなくギギのドレスと対になっていた。

周囲の王女や貴族令嬢たちが、頬を染めて美しく装ったキリルを眺める。

(格好良いものね……)

ふと視線を横にすべらせると、ギギの傍に控える美人メイドに扮したシュ一ラの姿が目に入る。

(シューラは、もの凄く美人だわ!)

リザの横には、離宮の使用人たちもひっそり待機していた。

「はあ、落ち着かないですわ」

ソワソワしながら、リザがフクロウのようにパッチリした瞳で夜会の会場を観察している。期待はしていないが、婚約者探しに興味があるみたいだ。

ギギは、妹の成長を微笑ましく見守る。

(せめてリザちゃんの相手に、良い人を見つけてあげたいわね。可愛いし性格も良いし、裁縫の腕もピカイチ。きっと愛されるお嫁さんになると思うの)

そんなことを考えつつ、ギギは一番目立たない壁際に陣取り、妹の結婚相手を物色すべく会場を見回す。

しばらくすると王が開会の挨拶をし、楽団が気品ある音色を奏で始めた。気の早い男女が、さっそくダンスを踊っている。

ダンスに誘われることのないギギたちは、他の姉妹を観察しつつ、のほほんとお喋りに興じていた。

「今のところ、相手が見つかりそうな王女はいないみたいね」

「ふふっ、どのドレスも古くさいですね。私の作ったドレスが一番お洒落ですわ」

「ギギちゃん、リザちゃん。あっちのお料理、懐かしいトリュフがあるわぁ……うふふ。昔、実家でよく出てきたの」

各々好き勝手に話をしながら会場を観察していると、先ほどの辺境部族の青年がすぐ近くに立った。そして、そんな彼を、リザがチラチラと気にしている。

青年は、先ほどの王女たちからは良く思われていなかったものの、見目が整っており身のこなしも洗練されている。

「リザちゃん……」

妹のために一肌脱ごうかと思案していると、青年の淡い瞳がこちらを向く。その視線は、顔を赤らめるリザに注がれた。

彼は真っ直ぐに彼女の方へと歩み寄ると、なめらかな所作で一礼する。

「はじめまして。私は東トリサ族の次期族長、アルセニー・ソーカルと申します」

「……第二十王女のリザですわ」

「美しい方、どうか一曲お相手願えませんか？」

「まあっ。ええ、喜んで」

リザはわかりやすく彼に胸をときめかせている。そんな彼女に、アルセニーもまんざらではないようだ。

妹たちの初々しいやりとりを目にし、ギギは胸がキュンとなった。

アルセニーに手を引かれたリザは、夢見心地な表情を浮かべながらダンスホールへと歩いていく。

「東トリサ族か……悪くない相手かもな」

一連の様子を見ていたキリルが傍らで、冷静に呟いた。それを聞いたギギも頷く。

もともとは大した力を持たなかった辺境部族たちだが、その中のいくつかが急速に発展し力をつけている。ビエルイをしのぐほどの軍事力を持つ部族も現れ始め、国王は彼らを警戒していた。

もっとも、まだビエルイの方が力が強く、辺境部族同士は仲が良くない。結託して王都に攻め込むことなどないだろうが、念のために王女を送ろうという考えは国王の中にあるだろう。

脅威にもなり得る辺境部族たちだが、他国からビエルイを守る盾にもなってくれる。関係を深めて悪いことはないのだ。

さらに、東トリサ族には大きな交易路も通っており、そこでしか手に入らない品もある。

こういった商品をビエルイと取引することは、東トリサ族側にとって収入面でメリットになり、お互いに有益なのだ。

そして、何よりアルセニーがかなりの好青年で、リザも彼を気に入っている。

（相手と年齢も釣り合っているし、両想いが一番だわ）

王女なんて、下手をすれば親子以上に年の違う老人に嫁がされることだってあるのだ。やっぱり、結婚するなら年齢差は少ない方が良い。

リザは顔を赤らめつつ、アルセニーとダンスを楽しんでいる。

辺境出身の者はビエルイの文化に疎いと侮られることが多い。けれど、先ほど姉たちに小馬鹿にされていた彼は、この日のために練習してきたのだろう。ダンスのステップは完璧だった。

（良い雰囲気ね）

微笑ましく見守っていると、ダンスの曲がやんだ。手を繋いだ二人が、ギギたちの方へ歩いてくる。リザは心底彼が気に入ったようで、青い瞳を嬉しそうに輝かせていた。

「はじめまして、姉のギギです」

挨拶すると、アルセニーは微笑んで頭を下げた。礼儀正しさも満点だ。

「はじめまして、お目にかかれて光栄です。ギギ王女」

まだ少しあどけなさが残るが、数年もすれば立派な青年になりそうである。

（リザちゃんの婿として、申し分なし！）

キラリと目を光らせたギギは、アルセニーの両手を取って早まった言葉を口にした。

「この子を、どうか末永くよろしくお願いします!!」

ギギの暴走にリザはさらに顔を真っ赤にし、アルセニーもオロオロとリザを見遣る。

そんな様子を、母ポリーナはおっとりと目を細めて見守っていた。

夜会が終わり、大広間の近くは帰宅する者や朝を待つ者などでざわめいていた。皆夜会の余韻が抜けず、熱が覚めやらない様子で浮き立っている。

アルセニーは城の客室で一泊してから帰るのだとか。辺境からこの城までは遠く、行き来にかなりの時間がかかってしまうためだ。

離宮の自室に落ち着いたギギは、軽装に着替えて長椅子に腰かけた。傍らにはキリルとシューラが控えている。

メイド姿のシューラが、ギギを気遣って声をかけた。

「お疲れ様です、ギギ様。よければマッサージでもいかがですか？　私のマッサージ、前の職場で評判だったんですよ？」

「あら、そうなの。それじゃあ……」

お願いしようとすると、キリルに後ろから腰を引き寄せられた。

「おい。俺以外の男に体を預けるなんて、本気じゃないだろうな」

不満そうに眉根を寄せる彼は、ギギの体を掴んだまま放そうとしない。何がなんでも阻止する気らしい。

「ええと……でも、ただのマッサージよ？」

戸惑っていると、シューラが切れ長の目を不快そうに細め、キリルを小馬鹿にするように笑った。

「随分と余裕がないみたいですね、ギギ様の護衛係は」

「何だと。下心丸出しの分際で偉そうなことを言う」

キリルは鋭い目でシューラを睨みつける。

どちらかというと「偉そう」なのはキリルだが、彼はそんなことは意に介さない。

キリルとシューラ、二人の間に見えない火花がばちばちと散る。

この二人は、何かといがみ合うことが多い。それもこれもすべて、キリルが「シューラはギギに気がある」と勘違いをしているせいだろう。

ギギが彼らの喧嘩を止めていると、突如、窓の外から甲高い悲鳴がいくつも聞こえてきた。もう夜も遅いというのに様子がおかしい。

「……何かしら？」

何事かと身を乗り出して窓の外を確認したギギは、驚きに目を見張る。すぐに振り返って近くにいる二人に叫んだ。

「大変！　後宮の屋根が燃えているわ！　あそこは、上位の王妃たちが住んでいる棟の近くね！」

夜の闇の中に、不気味な赤が広がっている。夜会の後片づけで、誰かが火の始末を忘れたのだろうか。

火の勢いは強く、運の悪いことに風は離宮に向かって吹いていた。もくもくと煙が立ち上り、炎は建物を舐めるように浸食していく。

離宮まで燃え広がるかもしれないと、ギギは警戒を強めた。

「皆に知らせないと！　キリル、シューラ、手伝ってちょうだい！」

素早く部屋を移動し、ギギは母親と妹に火事を知らせる。

「必要最低限のものを持って外へ！」

使用人の子供たちには、キリルとシューラが伝達に向かった。

皆が建物の外に出たことを確認したギギは、火の手に包まれる後宮を通らない安全な避難経路を指示する。いつも街へ出かける際に使っていた抜け道だ。

「後宮にいる子たちが心配だから、少しだけ様子を見に行くわ。すぐ戻るから」

ギギは離宮以外のメイドたちにも知り合いが多い。

後宮の造りは入り組んでおり、避難がしにくい構造なので、親しくしていた彼女たちが火事に巻き込まれていないか心配だ。

「あ、おい待て！」

「ギギ様!?」

合流したキリルとシューラが焦った声をあげるのが聞こえたが、ギギは「大丈夫だから」と言って後宮へ向かう。しかし走り出そうとしたところではたと気づき、その場に踏み留まった。

（あ、いけない。また一人で突っ走るところだったわ）

その後、後ろを振り返って「ついて来てくれると、凄く心強いけど」とつけ足した。以前キリルに注意されたことを反省したのだ。

ギギの言葉に一瞬瞠目したキリルは、表情を真剣なものに改めると力強く頷いた。そして、ギギはキリル、シューラと共に後宮へ急いだ。

夜の後宮はパニック状態に陥っていた。

大半は逃げたようだが、予想どおり煙に巻かれたメイドたちが逃げ遅れている。

「ギギ様!!」

呼びかけられた方を見ると、かつてシューラのことを知らせてくれた王妃つきのメイドが、血相を変えて走ってきた。

「早くお逃げください。ここは危険ですわ！」

「あなたも早く逃げるのよ。他の子たちは無事？」

ギギが力強くメイドの腕を掴むと、彼女は今にも泣き出しそうな表情を浮かべる。

「それが、後輩が見つからないのですわ。厨房にいたはずなのですが、煙に視界を奪われて出口を見失っているのかもしれません」

メイドの言う後輩とは、過去にギギを毒殺しようとした新入りメイドのことだった。

その後、ギギが彼女を処分することはなかったので、今は心を入れ替えて真面目に働いているらしい。

火は厨房に近づいてきており、このままでは中にいるメイドが逃げ遅れてしまう。

（助けなきゃ!!）

ギギはハンカチで口元を覆うと、キリルやシューラと手分けして、煙の立ちこめる厨房内へ突進する。

「助けに来たわよー!? どこにいるのー?」

大声をあげながら厨房の奥を捜索していると、か細い声がギギを呼んだ。

「こっち、です……ケホッ」

声のした方を見ると、壁際にぐったりしている件の新人メイドがいた。ギギは急いで彼女のもとに駆け寄り、その肩を抱き起こす。

「もう大丈夫よ、私と手を繋ぎましょう。外まで連れていってあげるわ。煙は、できるだけ吸わないようにね」

視界は悪いが出口への道順はわかる。メイドの手を引いて、ギギは煙の中を進んだ。

厨房を出ると、火がすぐ傍まで迫っていた。

(どうしよう、炎が道を塞いでしまっているわ)

火傷覚悟で突っ切るか、別の道を探さねばならない。

(とはいえ、もう煙の中には戻れないし……ここは、行くしかないわね。自分の怪我は治せないけど、この子の怪我なら治癒できるもの)

覚悟を決めて飛び出そうとした瞬間、バシャリと冷たい水が頭上から降ってきた。続いて、炎の中から二つの影が飛び出す。

炎に照らし出され、相手の顔がはっきりと見えた。

「キリル、シューラ!?」

返事をする間もなくキリルはギギを、シューラはメイドを抱き上げる。

「あの、この水は？」

「僕は水の魔法が使えるんです。威力のほどは知れていますがね」

一人称が「僕」に戻ってしまっているが、今はそんなことを気にしている場合ではなかった。

「ギギ、ちゃんと掴まっていろ」

「わかったわ。ありがとう」

ぎゅっとキリルに抱きつくと、何とも言えない安心感が広がる。やっぱり、彼らを頼って良かった。

「普段もこれくらい素直だったらな」

「……何か言った？」

「いや……何でもない」

キリルはそう言って苦笑を浮かべると、後宮内を凄まじい速さで駆け抜けた。

炎の壁を抜け無事に後宮を脱出した頃には、全員が煤だらけになっていた。

王宮の外庭で、燃え上がる後宮を見つめる。

後宮も、その周囲の木々も全て炎に包まれており、その火はいずれ離宮にも及ぶだろう。

前世のように消防士などはおらず、強力な水魔法の使い手もいない今世では、火が鎮まるのを大人しく待つしかない。

後宮から王宮までは少し距離がある上、間には池があるため、火はそこで消えると思われる。それだけが救いだった。ギギは静かに、あかあかと燃える後宮を眺めていた。

3　新しい暮らしと

後宮は離宮を含めて全て焼け落ち、ギギたちは住む場所を失った。

原因はメイドの火の不始末とされている。

夜会に気を取られ、確認がおろそかになっていた……ということだが、実際は夜会で良い相手が見つからず、気が立っていた王女同士の内輪もめが原因だそうな。炎の魔法が使える王女がばら撒(ま)いた火が何かに引火したとのこと。はた迷惑な話である。

他の後宮の住人は各々実家に返され、そこで後宮再建を待つことになった。

第十王妃のポリーナも、交流がなかった実家に戻らざるを得ない。渋られたが王命とあって、実家側もポリーナが一旦戻ることを拒否できなかった。

とはいえ、近くに置いておきたくはないようで、ギギたちの滞在先は、ポリーナの実家が所有する別荘の一つに決まる。

そこは王都から離れた北の辺境に近い閑静(かんせい)な場所で、自然に恵まれた美しい土地だった。

もちろん、離宮の使用人たちも連れてきている。彼らは全員が訳ありなので、他に行き場がないのだ。

新しい住まいの近くには森や湖もある。離宮で育ったギギやリザにとって、ここは居心地の良い環境だった。

木漏(こも)れ日の差し込む二階の一部屋が、ギギの新しい居場所である。

古い離宮よりも豪華な内装で、家具などは見た目はともかく品質自体は良い。派手なカーテンや絨毯(じゅうたん)など、やや成金趣味の部屋だが、世話になっている身分なのでわがままは言うまい。

「ちょっと周りを見てみようかしら」

引っ越したばかりのギギは、さっそく別荘の近くを散歩することにした。

特に誘ってはいないのだが、ぞろぞろと小さな使用人の子供たちもついて来る。後宮が燃えて行き先のない下働きの子などを誘ったら、新たにまた人数が増えたのだ。

穏やかな森の中は見慣れない植物で溢(あふ)れていた。時折小さな動物も顔を見せ、リザや子供たちが興味津々(きょうみしんしん)に観察している。

「せっかくなので、お弁当を持ってきました！」

いつの間にか、後を追ってきた料理担当の少女と畑担当の少年が大量の弁当籠(かご)を提げている。中にはサンドウィッチが入っており、完全にピクニック状態だ。

リザやシューラは大きな布を持ってきていたようで、木の下に敷(し)き始めた。ギギとキリルも食事の準備を手伝う。

そうこうしているうちに、あっという間に昼食の準備ができた。

バスケットから手作りのサンドウィッチや果物などを出し、瓶(びん)に入れたジュースをコップに入れる。

ゆっくり歩いてきたポリーナは、にこにこと座って待っているだけだが……それが彼女なので、全員何も言わなかった。

大きな布の上に好き勝手に座り、皆で一緒に食事を始める。

ギギの右にはキリルが、左にはシューラが陣取った。古株使用人の少年と少女は仲良く隣り合って座っており、リザはポリーナと一緒にいる。

「ギギ様、こちらの肉入りサンドウィッチが美味しいですよ」

「本当だわ、美味し…………って!? あの、一人で食べられるわよ!?」

シューラが手ずから食べさせようとしてくるので、ギギは少し動揺した。

「おい……」

それを見たキリルが冷たく彼を睨み、いそいそとギギを膝の間に囲い始める。

(な、何故、そこに拘束するの!?)

焦ったギギは、彼の膝から脱出を試みた……が、しっかりかっちり固定されて動けない。

「キリル、皆の前でこんなことをしたら恥ずかしいわ」

困り果てたギギがじっとキリルを見上げると、彼は、ニヤニヤと意地の悪い笑みを浮かべた。

「二人きりだったら、いいのか?」

「……そういう問題じゃないんだけど」

顔を真っ赤に染めながらしどろもどろになるギギを、キリルは背後からぎゅうっと抱きしめる。

そんなキリルを鋭く見据えていたシューラは、ギギに目を向けると、一転頬を緩めて話しかけた。

「ギギ様、こちらの果物も美味しいですよ？」

「だから、モゴモゴッ」

結局、キリルに拘束され、シューラに食べ物を口に突っ込まれる状態から抜け出せず、ギギは他の子供たちからの生温い視線を感じながら観念する他なかった。

（何なの、この状態は⁉）

シューラが現れてから、キリルの行動はエスカレートする一方だ。そして、仲の悪い二人が揃うと、大抵ろくなことにならない。

その後、川遊びをしたり野生のベリーをつんだりして一行はピクニックを楽しんだ。

色々あったものの、子供たちの笑顔が沢山見られ、ギギは心から癒されたのだった。

※

離宮が焼けて別荘に来てから約三年が経過し、ギギは十八歳になった。

そろそろ結婚が決まってもおかしくないお年頃……いや、ちょっと嫁き遅れ気味だ。

後宮の再建工事もほとんど終わり、別荘を出なければならない時が迫っている。

静かな環境での穏やかな生活が気に入っていたので、ギギはそのことを残念に思った。離宮は完全に取り払われ、今度は妃とその子どもが全員同じ建物で暮らさなければならないというのも面倒だ。

（……王子や王女の数も減っているし、仕方がないんだけど）

この三年間で王女のほとんどは適当な家に嫁に出され、王子は婿に出されるか王位争いで亡くなるかで数が減った。

そんな中で相変わらず正妃と宰相の力は強く、もうすぐ正妃の産んだ第一王子が王位を継ぐという噂も立っている。事実、そうなるのだろう。

正妃は野心に富んでいる。これまで他の王妃や王子を脅して殺害したり、敵勢力になり得る貴族を次々に潰したりしてきた恐ろしい女性だ。

自分の子が王位を継いだ後には、平然と国王を殺すこともやってのけそうな人物。そんな正妃が頂点にいる後宮での生活は、壮絶を極めるに違いない。

命を狙われる危険性もあるので、その前にどうにかして家族全員で後宮を脱出したい。

キリルもその可能性に気がついており、最近は「一緒に逃げないか？」とか「攫ってやろうか？」などと、冗談めかして言ってくる。

（彼なら本当に可能かもしれないわ）

というのも、キリルは本当に強いのである。十九歳になった彼は、龍族の力をますます開花させ、普通の人間など比にならないほどの強靱な肉体をそなえていた。

シューラもシューラで、「逃げるのなら僕が各地をご案内します」やら「前の仕事でいろんな国に行きましたので、お任せください」などと唆してくる。

（ビエルイ王国自体も、どんどんきな臭くなってきたし。王族の義務は果たしたいけれど、家族が

死んでしまうのは嫌だわ。そうなるくらいなら……いやいや）

そんなことを悶々と考えていたギギは、冷静になるため一人で森へ出かけることにした。

深い緑が生い茂る静かな森は、考え事をするのに適しているので、しばしば散歩をしているのだ。

朝露で湿った草を踏み分けたギギは、気分転換のために、いつもとは違う道を進んだ。

サワサワと木の葉が風に揺れ、小鳥たちの戯れる声が響いている。

心地良い音を楽しみつつ、ギギは物思いにふけった。

後宮の件もそうだが、今のギギが抱える大きな悩みは、主にキリルに対する自分の想いだった。

（こんなことで悩むなんて思わなかったけれど）

気持ちを自覚してからというもの、ギギは前以上に彼のことを意識するようになってしまい、もはや普通ではいられなくなっている。

キリルが近づくたびに、ギギの心臓はうるさいくらい音を立て、平常心はいつの間にかどこかへ置き去られてしまう。

キリルが自分を困らせるためわざと迫っているのだとわかっていても、徐々に拒めなくなっている自分に戸惑っていた。

（やたらめったら世話を焼いてくるし……毎回スキンシップが激しくて身が持たないわ）

キリルに対して内心悪態をつきながら、ざくざくと短い草を踏み進むと、ふいに周りの様子に違和感を覚える。妙に生き物の気配が少ないのだ。

まるで、何かを警戒するかのように、姿を現さず息を殺している。

（どうしたのかしら）

不思議に思いながら道を進んでいくと、小さな湖に辿り着いた。透き通った水面は朝日を反射してキラキラと輝いている。静寂の中、ギギは美しい湖を見つめてほぅっと息をはいた。

何となく周辺を見回すと、湖の畔に二つの影がうずくまっているのに気づく。

「ん？」

警戒しつつ距離を詰めてみたところ、影の正体は年若い男性だった。彼らはこの辺りでは見慣れないオリエンタルな服を身に着けていて、気を失っているのか、ギギが近づいてもまったく動く気配がない。

（こんな場所で、どうしたのかしら）

ギギは慎重に彼らのすぐ傍まで寄った。

二人とも矢筒を背負っており、背中や肩を大きく斬られ体中が血だらけだ。

（大変、大怪我しているじゃないの！　とりあえず、処置しないと！）

自分の魔法がどこまで効くか不安を感じつつ、ギギはその場で急いで治癒魔法を施した。

すると、徐々に傷が塞がり、出血も止まる。

それを確認したギギは、一息ついた後、二人の青年のうちの一人に目を留めた。

（あら、この人……どこかで見たような）

くせのある茶色の髪に端整で誠実そうな顔立ち。背は高く、細身だがしっかり筋肉のついた体に、辺境部族特有の衣装――

必死に記憶を辿ったギギは、はっと思い出した。

（そうだわ！　この人、リザちゃんの想い人のアルセニーくんよ！　しばらく見ないうちに、大きくなって……って、そんな場合じゃない！）

気を失っている男性二人を、自分の力だけでは運ぶことはできない。ギギは急いで別荘に人を呼びに行った。

（どうして、あんな傷を負っていたのかしら。山賊被害にでも遭ったの？）

別荘に戻ったギギは、力の強そうな使用人に声をかけて二人の青年を建物内へ運んだ。

広い部屋に彼らを運び入れ、寝台に寝かせる。

魔法で傷を癒せるとはいえ、体力や気力を取り戻すのは本人次第。周りにできることといえば、一刻も早く回復するよう世話を焼くくらいだ。

アルセニーが運び込まれたことを知ったリザが、奥の部屋からすっ飛んできた。

ベッドにぐったりと横たわる彼を見た瞬間、リザは顔色を青くする。ずっと好意を寄せていた相手との再会がこんな形になり、ショックを受けているようだ。

「ああっ！　アルセニー様！　何というお姿に……！」

憔悴している彼を見て混乱する妹を、ギギは一生懸命宥めた。

「大丈夫よ、リザちゃん。止血はちゃんとしたから。きっとすぐに目を覚ますわ」

そう言ってリザの肩を優しく撫でると、ギギはアルセニーの隣に横たわる青年に目を向けた。

彼もオリエンタル風な格好だが、アルセニーとは微妙に異なる模様の服を着ている。アルセニーと年頃は同じくらいで、赤銅色の髪を三つ編みにしてサイドに垂らしていた。

ビーズの髪飾りが似合っている、精悍な顔立ちの美青年だ。

（一緒にいるし、仲間なのよね？）

半日ほど看病すると、ようやく赤銅色の髪の青年が目を覚ました。

長い睫毛に覆われた鳶色の目をパチパチと瞬かせ、不思議そうに周囲を窺っている。その瞳がギギの姿を捉えて止まった。

「……誰？」

自分を見て首を傾げる青年に歩み寄り、ギギは彼の顔をじっと覗き込む。

幾分か血色は良くなったようだ。

「体は大丈夫？　ここは安全だから心配せずにゆっくり休んでね」

落ち着いた声音でそう語りかけるギギに、青年は戸惑った様子で質問した。

「……ここは、どこかな？　ビエルイ国内？」

「ええと。北の辺境の近くにある、某お金持ちの別荘よ。安心して、私はあなたたちを傷つけたりしないわ」

ギギの言葉に、青年は安心したように大きくため息をついた。

「そっか。生きてあの草原を脱出できたのか……途中から記憶が曖昧だ」

「あの、私はギギ。ビエルイの第十九王女なの。あなたは？　アルセニーくんのお友達？」

「——っ!?　君、あいつを知っているの」

青年は目を見張り、ぐいっとギギの方に身を乗り出した。

「ええ、理由を話せば長くなるのだけれど……以前、会ったことがあるのよ。だから、大怪我をしている彼を見つけて驚いたわ」

ギギはそう言うと、青年のすぐ近くで横になっているアルセニーに目を向けた。まだ目覚める気配のない彼の傍には、心配そうに眉を曇らすリザが立っている。

未だ意識の戻らないアルセニーを苦しげな表情で一瞥すると、青年はギギに向き直った。

「俺は、北トリサ族のヴィルカ・ヴォルクという。アルセニー・ソーカルとは違う部族出身だけど、母親同士は姉妹なんだ。俺の母親が東トリサから北トリサに嫁いでいる」

「なるほど、従兄同士なのね。それで、どうして血まみれで森に倒れていたの？」

「……っ」

ギギが尋ねると、ヴィルカはぐっと拳を握りしめた。

「言いたくない事情がある？」

じっとギギを見つめていたヴィルカは、ややあって話し始めた。

「部族同士で争いをしているんだよ。俺の親父であるザウルが仕切っている北トリサ族と、アルセニーのところの東トリサ族が全面衝突したんだ。これはその戦いで……」

「えっ!?」

圧し殺した声で言ったヴィルカはぐっと俯く。

同じ辺境部族である北トリサと東トリサは、数々の辺境部族の中では頭一つ以上抜きん出た存在だ。近頃では交易の拠点を押さえて急激に発展している。

特に北トリサ族は軍事に力を入れており、少人数ながら馬の扱いに長けた精鋭が揃っていた。

だが、北トリサ族の長ザウルは、先代を謀殺して大きな力を手に入れ圧政を敷いている。

そんな中、ザウルが、今まで友好関係を築いてきた東トリサに侵略する計画を立てていることが発覚。見かねた民の一部が長の息子であるヴィルカと共に、東トリサと結託して反旗を翻したらしい。

ヴィルカの話を聞いて、ギギは戸惑いがちに尋ねる。

「あなたとアルセニーくんは、味方同士なのよね？」

「味方だよ。俺の目的は、北トリサの長を交代させること。アルセニーの目的は、北トリサ族の横暴に困らされている東トリサ族が平和に暮らすことだから。ただ、形勢はこちらが不利で、ビエルイに助けを求めにきた。親父の侵略がビエルイに及ばないとも言い切れないし、それを知ればビエルイ国王から協力を得られるのではと思ってね。あと、俺と親父は不仲なんだ。親父には何人かの妻がいて、俺の母親は美しくないからと虐げられている」

聞くと、ザウルには五人の妻がいるらしい。

（何だか他人事とは思えない。親近感が湧くわね……）

ギギが内心で呟くと、ヴィルカは苦虫を噛みつぶしたような表情で続ける。

「暴力は日常茶飯事。他の妻も堂々と母を虐めていた……最近は俺の目を気にして、父以外は母から手を引いているけどね」

「あなたは、北トリサ族の次の族長なの？」

「違うよ。俺は次男だから、次期族長は母親違いの兄貴。親父と兄貴は好戦的で、俺とは馬が合わない」

彼の話に頷いていると、ふいにヴィルカの手が伸び、ギギの金色の髪を一房すくった。

突然の行動に、ギギはどぎまぎしながらヴィルカを見つめる。彼は先ほどまでの苦しげな表情から一転、人好きのする笑みを浮かべた。

「あ、あの？」

「助けてくれてありがとう。それにしても、ギギ……言っちゃ悪いけど、王女なのにこんな場所にいるなんて訳ありだろ？」

「そ、そんなことないわよ？　後宮が焼け落ちちゃって、再建まで母の実家所有の別荘にお世話になっているの」

そう言いつつも、ギギは図星を突かれて気まずい気持ちになった。

いくら大きな別荘とはいえ、王女がこんな辺境に追いやられるなんて、訳あり以外の何物でもない。厄介がられているのが丸わかりだ。

大げさに笑うギギに何かを察したのか、ヴィルカはそれ以上追及しなかった。

代わりに手を差し出し、甘い微笑みを向ける。

「ギギ、もし良ければ俺の妻にならない？」

「え、ええっ!?　いきなり!?　適当すぎない？」

「適当じゃない。一目見て、良いなと思ったんだ」

「……っ⁉」

ヴィルカの軽い言葉と態度に、ギギは驚きで声も出ない。一連の様子を近くで眺めていた使用人たちの動きが、ピクリと止まる。

実際、ギギの立場的には、北トリサ族長の息子との結婚は悪いものではない。

しかし、ヴィルカに嫁ぐ気はないし、王女の結婚における全ての決定権は王にあるのだ。

「あの、そういう話は……」

ギギが言いかけたところで、バンッと大きな音を立てて木製の扉が開いた。驚いて目を向けると、そこには無表情のキリルが立っている。

「キリル！」

「おい、ギギ。別荘から森へ行く時には、必ず俺に声をかけろと言ったよな？」

突然現れて何事かと思えば、どうやら朝から護衛をつけず森を散歩していたことを怒っているようだ。

「しかも、また妙な拾いものをして……」

「あのね、これは」

「挙げ句の果てに求婚されただとっ⁉」

キリルは目を吊り上げて叫んだ。

「情報早っ！　外で聞いてたの？　壁に耳でもつけていた⁉」

ギギの言葉を聞き流したキリルは、つかつかと歩いてくる。

そしてギギの肩を引き寄せると、ヴィルカを冷たく見下ろしながら宣言した。

「ギギは俺のものだから、お前には渡さない」

居丈高なキリルに対し、ヴィルカは面白そうに口の端を上げ、挑発的な視線を返した。

「へえ？　でも、まだギギはフリーでしょ？　そういうのは雰囲気でわかるよ。妄想の激しい男が傍にいたら大変だね？」

ヴィルカはそう口にすると、ギギの方に片手を伸ばした。

「ふざけるな。ポッと出のどこの馬の骨ともわからない相手に、ギギを渡せるわけがないだろう。お前こそ、寝言は寝て言え。むしろ一生眠っていれば良かったものを」

ヴィルカが伸ばした手を叩き落とすと、キリルは腕をギギの肩から腹部に回した。それを見たギギは、顔が熱くなる。

手を離すよう抗議するためキリルの顔を見上げた。突発的な事態に動揺したためか、彼の瞳孔は縦長になっている。それを見たヴィルカは少し驚いて口を開いた。

「へえ、珍しい。あんた龍族なんだ」

「だったらどうした？」

喧嘩腰のキリルにヴィルカは面白そうに目を細め、くるりとギギの方に向き直った。

「大変だねえギギ、龍族に目をつけられるなんてさ。龍族はうちの祖先にもいたらしいけど、奴らって粘着気質のストーカーで独占欲の塊だから面倒くさいよ？」

それから、ヴィルカは北トリサ族に伝わる龍族の仰天事件を話し、ギギとキリルを硬直させた。留まるところを知らないヴィルカの舌に、青筋を立てたキリルが身を乗り出そうとした瞬間、後方からうめき声があがった。

はっと声の方に目を向けると、アルセニーが目覚めたようだ。リザが眦に涙を溜めながらも、嬉しそうに笑う。

「アルセニー様！　やっとお目覚めになりましたのね」

状況のわかっていないアルセニーは、ぼうっとした様子で起き上がり目を瞬かせる。

彼はリザを見つめて、何かを思い出すように目を細めた。

「ん、んん……君は、確か……」

「ビエルイ王国、第二十王女のリザですわ！」

そう言って体を前に突き出すリザに引くことなく、アルセニーは冷静に問いかける。

「……どうして、リザ様がここに？」

「三年前に後宮が焼けてしまったのはご存知ですよね？」

「ええ。私もパーティーの後、王宮に滞在していましたから」

「後宮再建までお母様の実家にお世話になっているのですわ。使っていなかった別荘を借りて暮らしておりますの」

「それは大変でしたね。お話は聞き及んでおりましたが、こちらにおられることまでは……何の力にもなれず、申し訳ありませんでした」

アルセニーは申し訳なさそうに眉を下げ低頭した。リザは慌てた様子でアルセニーの肩に手を置き口を開く。

「そんな、どうか頭を上げてください。こうしてまた会えただけで嬉しいですわ。先ほど、アルセニー様の事情を少し伺いました。部族間の争いがあるとか」

「え、ええ。内輪の争いでこんなことになってしまい……お恥ずかしい」

アルセニーは気まずげに目を伏せた。

「酷い怪我だったとお姉様から聞きましたわ。大変な目に遭われたのですわね」

リザはアルセニーたちに、ギギの治癒魔法によって傷を治したことを説明した。アルセニーとヴィルカは驚いた顔をしてギギに礼を言う。

「北トリサ族の長を止めるつもりなのでしょう？　私も、力になります！」

「何から何まで、ありがとうございます。リザ様」

キラキラと見つめ合う二人を中心に、まぶしい世界が広がっている。

くるりと振り返ったリザは、力強く声をあげた。

「そうと決まれば、ギギお姉様……！」

リザに呼びかけられたギギは頷き返す。

「そうね、リザちゃん。とりあえず、国王陛下に連絡してみましょう」

ギギは部族間の争いについて国王に知らせるため、使いを出した。

国王に使いを送って一週間後、返事が来たが、その内容は期待していたものではなかった。

ヴィルカやアルセニーが身を置く部屋の中、話を聞いた者の間に沈んだ空気が広がる。

「部族同士で小競り合いをしてくれた方が、ビエルイ王国に目が向かないので助かる……か」

国王からの命令は、アルセニーたちをそのまま放置せよとのことだった。

どうやら彼らがお互いに潰し合うことを狙っているようだ。両方の力が削げればビエルイへの侵攻も遅れ、ザウルを叩きやすくなるからだろう。

(予想はしていたものの、何という冷たい返事！　せめて、私たちだけでも味方になってあげたいけれど……)

しかし、国王の命令に背けば、後々ギギたちが罰を受けるかもしれない。

そのことも踏まえて、ギギはアルセニーとヴィルカに事実を話した。

「――というわけなの。力になれなくてごめんなさい」

「大丈夫だよ、ギギ。ある程度わかっていたことだ」

ヴィルカはうなだれるギギを慰めるように、その手を取った。

「あの、ヴィルカくんたちは、これからどうするの？」

「もう、俺もアルセニーも呼び捨てで良いってば。どうするもこうするも、今までどおり東トリサに味方して、戦いを終えるよ。このまま戦っていても、双方の被害が大きくなるだけだからね」

ヴィルカは大したことはないとばかりに、軽い調子で笑った。

「そっか……」

小さく頷いたギギは、己の無力さに唇を噛みしめる。

(何か手立てはないのかしら)

笑みを見せるヴィルカとアルセニーを前に、ギギはどうしたら彼らの力になれるのかと頭を悩ませた。

※

ギギたちが話をしている間、キリルはシューラや使用人の子供たちと共に別室に集まって、ヴィルカとアルセニーについて話していた。子供たちはギギとヴィルカの仲に興味津々だが、キリルやシューラは明らかに面白くなさそうだ。

「北トリサ族長の息子、ギギ様に求婚したそうですね」

「……」

シューラの言葉を聞いたキリルは、むっつりと黙り込んでいる。

(あのヴィルカという男、ふざけてギギに求婚したのかと思ったが、目が本気だった。あいつの存在は危険だ)

キリルは、思い悩んでいた。

有力な辺境部族の長の家系なら、第十九王女のギギがヴィルカに嫁がされる可能性もある。

(ただでさえ、ギギの姉たちは嫁入り先に苦労しているのだからな。北トリサ族と友好関係が築け

るとなれば、国王にとっては願ったり叶ったりだろう）

　最悪の可能性が頭をよぎり、鼻先にしわを寄せたキリルは、不本意ながら隣にいるシューラと結託するこ とにした。

「シューラ。北トリサ族長の息子を……さっさと領地に帰すぞ」

「おや、珍しく意見が一致しましたね」

　キリルの言葉に、シューラはニヤリと悪い笑みを浮かべる。

　ギギを巡りいがみ合ってばかりの二人だが、今は普段からは考えられないほどの協力の姿勢を見せていた。

　いつもはうっとうしいばかりの存在だけれど、これほど心強い味方はいない。

　今ここに、最強の「ギギ結婚阻止部隊」が結成されたのだった。

「そうと決まれば、作戦を練りますよ」

　シューラは計画を立てるべく、ちゃっちゃと話を進める。

「部族間の争いを解決すればいいんだろ？　北トリサのトップを暗殺すれば解決だ」

「発想が刺客のそれですね。まずは北トリサの情報を集めることからです」

　キリルの提案に、シューラは呆れたように首を横に振る。

　シューラにはかつての伝手が沢山あり、情報収集には事欠かないらしい。

　ギギが世話している数人の子供たちも加わり、キリルたちは部族間の争いを鎮圧するための準備に動き出した。

※

「ギギ様、今ちょっと良いですか？」

国王からの書簡を受け取った数日後、キリルと一緒にやって来たシューラが、ギギに東トリサ族をザウルの侵略から守りたいと告げてきた。

「珍しいわね、あなたたちが自分から他人を助けようと動くなんて」

彼ら二人はギギには優しいが、それ以外の人物にはシビアなのだ。不思議に思って首を傾げる。

「あー、えっと。やはり、リザ様の夫候補となる方ですから心配ですよね」

にこやかにシューラがそう口にし、キリルも後ろで頷いた。

（怪しい……いつも二人が揃うと決まって言い争っているのに、何だか仲良いし……この変わり様は一体何かしら）

しかし、助かるのも事実だ。ギギは二人の様子を窺いながら遠慮がちに尋ねた。

「……私が動いても、良いと思う？　彼らを助けたい気持ちはあるの」

「ギギが動くまでもない。俺たちに考えがある」

やけにキリッとした顔で、キリルが答える。

いつにない彼の変化に戸惑いつつも、ギギは口を開いた。

「あなたたちが私と同じ気持ちで嬉しい。僅かだけれど協力者の当てもあるわ。でもね、心配なことも多いの。一番は、あなたたちを危険な目に遭わせたくないということ。信用していないわけじゃなくて、純粋に傷ついて欲しくない……二人が大事だから」

　彼らの実力はわかっているが、ヴィルカやアルセニーのような大怪我をしたらと思うと気が気でない。

「危険な目か。むしろ、この俺と対峙することになる相手の心配をした方がいいんじゃないか？　それに心配しなくても、俺たちは危ないことはしない。あんたこそ、協力するのは良いが、自分から危険に首を突っ込むなよ？」

「そうですよ。ギギ様は、安全な場所で大人しくしていてください。ややこしい諸々は、僕らがちゃんと片づけますから」

　シューラの言葉に、キリルがうんうんと何度も頷く。

「そうだ。むしろ、何もしなくて良い」

「ええ、そうですね。ぜひ、普段のポリーナ様のように高みの見物をしていてください」

　真剣な顔で自分に迫る二人に、ギギは眉根を寄せた。

　さっきから話を聞いていると、彼らは面倒事から極力ギギを遠ざけるつもりのようだ。

　ギギを省いて自分たちだけで問題を解決する気らしいが、まったく当てにされていないようで寂しい。

（うーん……私が一人で突っ走っていた時のキリルは、毎回こんな気持ちだったのね）

　確かに、二人は以前とは比べものにならないほどに成長した。

自分も頑張っているつもりだけれど、王女には制限が多く二人には及ばない。

それでも、キリルとシューラだけに任せるのは納得がいかない。

東トリサ族を助けたい気持ちは自分も同じなのだから。

(よし、私もしっかりしよう)

パンパンと両手で頬を叩いたギギは、気を取り直して自分にできることを探し始めた。


まずは、ヴィルカとアルセニーに話を聞きに行くことにしたギギは、さっそく別荘の庭でヴィルカを発見した。

ギギを認めた彼は、甘めの整った顔に満面の笑みを浮かべて手を振る。

「やあ、ギギ!」

三つ編みにした赤毛を揺らしながら、ヴィルカが駆け寄ってきた。

「どうしたの？　俺に用事？」

にこにこと笑みを見せるヴィルカに、ギギは目的を伝える。

「あのね、私、ヴィルカと話したいことがあって……」

「愛の告白かな？　ついに、俺の想いを受け入れてくれた？」

「ち、違うわよ」

慌てて首を横に振ると、ヴィルカはいたずらっぽい表情で「残念」と肩を竦めた。

「……そこは、頷いてくれていいのに」

「と、ともかく、大事な話なの！」

　このままではヴィルカのペースに乗せられてしまうと、ギギは声を張り上げる。

　そして、キリルとシューラの話や、自分の考えをヴィルカに伝えた。東トリサ族を助けて争いを収めたいと。

「話を聞いてしまった以上、知らない振りをしてあなたたちを放り出すなんて無理だわ。私にできることは多くないけれど……」

　すると彼は、キラキラと目を輝かせてギギの手を取った。

「ありがとう、ギギ。余計に惚れてしまいそうだよ」

「これは、放っておけないことだと思うから。あと、気軽に惚れるだとか口にしちゃ駄目よ？　あなた、一応北トリサ族長の息子なんだから」

「ん～、本気なんだけどなあ。まあ、簡単にいかないのが恋だよね？　それで、俺も君に話したいことがあるんだけど――」

　そうして彼は、ギギにこれまでの自分たちの行動について話をした。彼らを救出してからばたばたと忙しくしていたため、ギギもうっかり聞き忘れていたのだ。

「あの日、俺たちは親父……北トリサの長に接触し、奴を拘束して争いを止める手はずだったんだ」

「そうだったの」

「けど、途中で邪魔が入った。味方だと思っていた俺の従兄が家族を人質に取られて寝返ったんだよ。あいつは、俺たちの行動を事前に親父へ知らせた。そして、俺とアルセニーはまんまと罠にかかって大怪我をし、命からがらビエルイ王国の辺境にある森へ逃げ込んだってわけだ」

「それで、あんな場所で倒れていたのね」

ギギはヴィルカの話を聞いて、得心が行ったというふうに頷いた。

敵に追われながらの逃走は、過酷な道のりだったらしい。ヴィルカは苦い顔をして、その時のことを話した。

「脚にも傷を負っていたし、出血が多すぎて途中で力尽きたんだ。食事も水も数日摂っていなかったしな。あと少し発見が遅れていたら、二人とも助からなかったかもしれない」

ギギは、ヴィルカの顔を見つめつつ、ぎゅっと唇を引き結ぶ。

「それは厳しいわね。あなたたちを見つけられて良かったわ」

「うん。ギギには本当に感謝しているよ。命の恩人だ。だからこそ、東トリサと北トリサの戦いに君を巻き込みたくない」

ヴィルカは真剣な顔でギギを見据える。

「もう決めたことよ。それに、私が前線に行くわけじゃないわ。兵士じゃないから戦うことはできないし……でも、わたしの魔法はきっとあなたたちの役に立つはずよ」

ギギは身を乗り出して、必死に言葉を重ねた。しかし、ヴィルカはギギの肩をそっと押すと、緩く首を横に振る。

「いくら何でも、そこまでギギに頼れない。俺たちは東トリサで仲間と合流し、北トリサの侵略を止めに行く。今この瞬間にも、北トリサは侵略を続けているだろう。東トリサの奴らは強いが、俺やアルセニーが指揮を執(と)れない状況で戦いが長引くのは危ない」

「二人だけでなんて行かせないわ。あなたたちは私にとって大切な友人なんだもの。ヴィルカとアルセニーがまた大怪我(けが)をするなんて耐えられない」

「……ギギ」

ヴィルカは眉尻を下げながら、ギギを見つめた。そんな彼に、ギギは明るい調子で話す。

「安心して！　私だけじゃなくキリルやシューラも力を貸すと言っているの。貴重な戦力になるはずよ」

「あの二人が？」

ヴィルカは意外そうに両眉を上げた。

「ええ。私たちも協力して、必ずザウルの暴政を止めるわよ」

ぐっと拳(こぶし)を握(にぎ)るギギを前に、ヴィルカは依然躊躇(ためら)った様子を見せる。

「ビエルイ国王は、部族間の争いに手を貸すことに反対しているんだろう？　本当に良いの？」

「その辺りは、適当に言い訳を考えるわ。状況に応じた大義名分をね。こう見えて言い訳は得意なのよ」

ギギは自信ありげな表情を浮かべて胸を張った。

「……そりゃまた凄い特技だ」

ヴィルカは拍子抜けした顔で小さく笑う。

「こういうのは、工作した者勝ちなのよ。シューラの得意分野だから、手伝ってもらうことにするわ」

ギギは唇をほころばせて彼を見つめる。ヴィルカは再度礼を言い、少し照れた様子で頭をかいた。

「……ギギたちには頭が上がらないね」

「何言ってるのよ。困った時はお互い様なのよ」

「そういう一見純情そうに見えて、平気で工作しようとしたり、戦場に行こうとしたりするところも良いな」

「も、もう。冗談はよして！」

再び口説(くど)かれそうな空気になったので、ギギは「アルセニーにも伝えなきゃ」と言い、その場を足早に去ったのだった。

※

そうして、全ての準備が整った後、ギギは東トリサに出発した。

現地へ向かうのは、ギギの他にリザ、キリルにシューラだ。もちろん、ヴィルカとアルセニーも同行する。孤児院を卒業し、院長の実家である辺境の伯爵家で働いている子たちも、シューラから連絡を受け、それぞれ動いてくれていた。伯爵本人も援軍の用意をしてくれているという。

東トリサが破られたら、次に北トリサが侵攻する可能性が高いのがこの伯爵家の領地だからだ。

本来なら、王女のギギが小部族たちが住まう地に行くなどあり得ない。

だが今は、ビエルイ王国の王都からかなり離れた地に身を置いているのにくわえ、国王の目を欺くべく数々の工作をしたので、これ以上なく自由に動けるのだ。

(こういうのは、今回で最後でしょうけどね……)

いずれは後宮に戻り、その後は政略結婚が待っている。

とりあえずその件は頭の隅に置いておき、ギギはここで自分がしなければならないことに向き合った。

まずは東トリサの中心地へ向かい、運ばれた怪我人たちを魔法で癒す予定だ。

そしてリザの魔法は、兵士たちの防御力を多少上げることができる。今までは極力外で力を使わないようにしてきたけれど、ここは王都から離れた場所のため大丈夫だと踏んだ。それに、魔法なしでは正直厳しい。

(リザちゃんに行くなって言っても、アルセニーが絡む以上、じっとしているとは思えないし)

妹の行動力は、時にギギをも上回る。特に好きなものに対する情熱が凄いのだ。

最終的には、機を見てザウルを取り押さえ、北トリサを彼の独裁から救うことがギギたちの目標である。

辺境にある伯爵領を抜け東トリサに入り、しばらく荒れ地を進むと広大な草原が現れた。サワサワと風と草の音だけが聞こえてくる光景は、どこかもの悲しい。

前方には遮るものが何もなく、地平線がくっきりと見えた。

「少し休みますか？」

ギギやリザを気遣ったアルセニーが、遠慮がちに声をかけてくる。

「いいえ、私は大丈夫です！　このくらい、畑仕事や薪割りに比べれば楽勝ですわ！　馬を動かしているのはアルセニー様ですし、私は座っているだけですもの！」

アルセニーの馬に同乗しているリザは、赤い顔でそう言った。

ギギの方も問題ない。今は自分で馬を扱っている。

ギギは以前、厩番の子供たちから乗馬を教えてもらったことがあった。それからも暇を見つけては乗馬を練習していたことが、こんな形で役に立つとは思わなかったが……

とはいえ二人乗りをしなければ、その分荷物が積めるのだから、習って良かったというものだ。

そんなことを考えながら、ギギは先ほど起こった出来事を振り返っていた。

出発前に、キリルとシューラ、ヴィルカが、ギギを自分の馬に乗せると言い、口げんかを始めたのだ。

「ギギ、俺の馬に乗らない？　未来の花嫁としてトリサ族の皆に紹介したいんだ」

ヴィルカが甘い声でギギの手を取ると、すかさずシューラがヴィルカの手を払う。

「ふざけないでください、彼女の意思を無視して嫁になんて許しません。ギギ様は僕の馬へどうぞ。乗馬技術には自信があるんですよ？」

ギギに身を寄せるシューラの肩を、キリルが強引に押しやる。

「ギギ、当然、俺の馬に乗るよな？　シューラの馬はどうせ暴走運転だから止めとけ。あと、北ト

リサの色ぼけ男は少し黙れ」

「ああ、嫉妬深い龍族は嫌だね。ギギ、こんな男止めときなよ。そのうち、今より酷く君を独占したがって自由を奪うに違いないよ？　最悪、幽閉とか」

ヴィルカはわざとらしくため息をつく。そんな彼を、キリルは射殺さんばかりに睨みつけ、低い声で凄む。

「よく回る舌だな、切り落としてやろうか」

「やれるものならやってみれば？　……ちょっと、女装メイドさん。何ナイフ取り出してるの⁉」

ヴィルカはキリルを挑発した後、キリルの後ろに立つシューラを見て血相を変えた。シューラがナイフを手に持ち、ヴィルカに投げつけようとしていたのだ。

結局、ギギが「止めなさい！」と三人を止めるまで、彼らの言い争いは続いたのだった。

道中でまた喧嘩に巻き込まれることを思えば、一人で馬に乗った方が気楽である。

「リザちゃんが大丈夫なら、先へ進みましょう。ヴィルカとアルセニーは気が急いているでしょうし。ただし、無理はしないように」

体力的に厳しくないと言えば嘘になるが、ギギにはまだ余裕があった。

「今日は野宿ですね。翌日には、東トリサの中央へ辿り着くでしょう」

アルセニーの言葉に、ギギとリザが頷く。

「野宿の準備はバッチリよ！」

「そうですわ！　ちゃんと食材も用意してありますの！」

リザは、やる気満々だった。ここぞとばかりに、女子力をアピールしている。

彼女は、好きな相手に手料理を振る舞うのが夢という乙女的思考の持ち主なのだ。

「それはありがたいですね」

アルセニーは、朗らかにリザに笑いかけた。

トリサ族は、長の家族であってもその家の女性や子供が料理を作るらしい。その間、男性は牧畜などで外に出て働くというわけだ。

馬から下りたギギたちは、野営するのに適した場所を探す。草原の中、風よけの岩があるところに荷物を下ろし、さっそくテントを張る準備に取りかかった。

部族出身のヴィルカとアルセニーと共に、キリルも器用にテントを設営している。初めてとは思えない手つきでテントを張っていくのを見て、本当に彼は何でもできるのだなとギギは素直に感心した。

ギギも、真っ直ぐな木の棒に布を結びつける。それらを杭で地面に垂直に打ちつけ固定すれば、簡易テントの完成だ。

薪を組み上げると、アルセニーが慣れた様子で火打石を使い、火を起こした。

ギギとリザは、その間にあらかじめ下ごしらえをしておいた野菜を鍋に投入し、簡単に味つけを済ませる。

「今日の夕食はシンプルメニューね」

干したキノコと肉、ジャガイモを使ったスープなど、傷みにくい食材が中心のメニューだ。それでもどれもとても美味しそうで、ギギのお腹が小さく鳴る。

「お姉様、準備ができたわ」

リザがそう言うと、ギギは木の器にスープをよそい、パンを切り分けて配っていく。

頼りないランプの明かりに照らされ、ギギたちは夕食を取る。野営用の簡単な食事だけれど、スープはなかなか好評だ。

キリルは、昔から仲の良い使用人の青年が持たせてくれたという酒を飲んでいる。

ヴィルカも大量に酒を口にしているが、二日酔いにならないか心配だ。

食事も一段落し、片づけを済ませた面々は、各々自由にまったりとすごす。

少し離れた場所では、アルセニーとリザが隣同士に座って語り合っている。その周りだけ甘い空気が漂っており、ギギは二人をそっと見守った。

（良い雰囲気ね……）

可愛い妹の将来のためにも、ますます東トリサの平和を守らなければならない。

シューラはヴィルカと酒を酌み交わし、たまに口喧嘩をしつつも、今後に向けての話をしていた。

することのなくなったギギは、一足先にテントへ戻ることにした。テントの近くで布を敷き、その上に座り空を見上げると、宝石箱をひっくり返したような星空が広がっていた。ビエルイよりも空が近く見え、あまりの美しさにギギは言葉を失う。

ずっと馬に乗り続けて疲れが溜まっていたのだろう、静かに星空を眺めているうちに、ギギはウトウトし始めた。するとふいに温かいものが肩に触れる。

「ん……？」

視線を横にずらすと、いつの間にか隣に座っていたキリルがギギに毛布をかけ、肩を支えていた。

ギギは驚いて体勢を直し、キリルに話しかける。

「あら、ごめんなさい。ありがとう、キリル。あなたは向こうで皆と話さなくて良いの？」

「あの二人との話は済んでる」

「そうなの……」

キリルは、もともと他人と関わることの少ない性格だし、彼がそう言うのなら、心配する必要はないだろう。再びウトウトとすると、彼が優しくギギの肩を撫(な)でた。

「眠いなら、横になると良い……明日も移動が大変だろうから」

「うん、そうする」

言われたとおりテントの内に入り、敷(し)かれた布の上に横になるが、結構固い。虫がいないのが救いだ。

「お姫様育ちには、キツイか？」

「むむ……」

確かに、ギギは一応王女だ。前世でも普通にベッドを利用していた。

ゴツゴツの地面で寝るのは、さすがに初めてのことだ。

だが、温室育ちを認めるのは地味に悔(くや)しい。

「これならどうだ？」

すると、急に体が持ち上がり、気づいたらギギはキリルの膝を枕にしていた。

「普通反対じゃないかしら？　どちらかというと、女子が膝枕をするのが一般的なような」

「俺は気にしない。このまま寝ればいい」

「余計に寝にくいわ」

「それじゃあ、俺が横になるからその上に乗っかる感じで……」

「いやいや、それは駄目でしょ⁉」

そう言って彼を見ると、紫の瞳孔が縦長に変化していた。

（今の会話に、興奮する要素ってあったかしら？）

テントで隠れているのを良いことに、キリルは体をかがめてギギに口づける。

（ちょっと⁉　急にどうしちゃったのよ。さっき沢山お酒を飲んでいたし、もしかして酔っているの？）

戸惑うギギだが、その心はキリルに伝わっていないようだ。

切なげな紫色の瞳に見つめられ、ギギは僅かに身じろぎする。

「あなた、少しお酒臭いわよ。酔っ払っているのなら、早く寝た方が良いわ」

注意するが、キリルは話を続行する。

「やっぱり戦場へギギを連れていきたくない。あんたをここから攫って、どこかに監禁したい」

急に不穏な言葉を口にし始めたキリルに、ギギはギョッとして叫んだ。

「そんな無茶な！」

ヴィルカの言っていた「幽閉」が冗談では済まなくなりそうで、ギギはにわかに焦り始めた。

「無茶じゃない。別荘を発ってから色々考えた」

目を細めて艶やかに笑うキリル。長年彼と付き合ってきたギギにはわかる。

(この顔は本気だわ……！)

そして、そうなった時のキリルは、何がなんでも目標を達成してしまうのだ。今回は、早急に考え直してもらう必要があるため、強引に話を逸らす。

「キリル、とりあえず今は……」

「ああ、わかっている。まずは、面倒な部族争いを終結させる。気に入らないが、ギギの心はそっちへ向いているからな」

キリルはうんざりだといったふうにため息をつく。最初、トリサ族間の争いを止めようと提案して来た時の態度とは雲泥の差だ。

しかし、ギギは下手に言い返さず力強く頷いた。

「そ、そうよ」

危ない考えは早く忘れて欲しい。

「そんなことをしなくても、私はキリルが好きだわ」

自分の気持ちに気づいたあの日から、想いは深くなる一方である。

(でも、キリルのこういう言動はちょっと困る)

本当に監禁されてしまったら、笑えない。キリルのことは好きだけれど、それとこれとはまったくの別問題だ。

困っていると、キリルがギギの髪を撫でながら囁く。

「俺は、ギギと結婚したい。愛人じゃなくて夫になりたい。ずっと傍ですごしたいから」

「へあっ⁉」

キリルの告白に、思わず変な声が出る。三年前、キリルと心を通わせた時にもそんなことを言っていたが、まさか彼が真剣にギギとの結婚を考えているとは思わなかった。王女という立場上、現実的に不可能だし、もし実行するなら茨の道だ。でも、どこかで嬉しいと感じている自分がいる。

キリルは瞳孔の裂けた目でギギを強く見つめる。

「まあ、ギギが何と言おうと、俺は実行する気でいるけど」

「キリル⁉」

キリルはそう言うと、不敵な笑みを浮かべた。ギギはそんな彼を半目で見返す。

さっきのときめきを返して欲しい。

せっかく良いことを言っても、次の一言で台なしにするのがキリルだ。

「大事なんだ、お前のことが。ギギを手放すのが怖い。死にかけの俺を癒し、一晩中抱きしめてくれたあの日から、俺はお前の虜なんだ」

……想いが重い。

けれど、キリルを想う気持ちはギギとて同じである。ギギだって、キリルのことが大切でたまらない。

できることなら、トリサ族の争いに巻き込まれないように、彼をここに残してこっそり出かけてしまおうかと考えてしまうくらいに。けれど、そんなことをすればキリルはまた傷つき怒るだろう。

ギギの顔を覗き込むようにして、キリルが再び囁く。

「今夜は、もう少し一緒にいても良いか？」

「私が断れないとわかっていてそう言うの？」

「もちろん」

小さく笑った彼は、ギギを抱えると、今度は首筋に口づける。

「ギギは優しいから。そこにつけ込ませてもらう」

話している内容は酷いが、ずっと一緒にいるキリルの傍はとても安心する。彼はギギを変えてしまったのかもしれない。

キリルなしではいられないように。彼の傍でなくては生きていけないように。

ウトウトしていたギギは、キリルの温もりに包まれて、いつの間にか意識を手放した。


翌朝、ギギは優しく揺さぶられ、ゆっくりと目を覚ました。

いつもは早起きできるのだが、思いの外旅の疲れが溜まっていたようで、深く眠っていたみたいだ。

ぼーっとした頭で視線を横にすべらせると、やけに機嫌の良いキリルがいた。寝る前と同様、いつの間にか横抱きにされている。

「やっと起きたか。昨日はシューラやヴィルカが酒で潰れてくれて良かった」

「ん……？」

「俺は、酒に強い方だから」

「んん？　それって……いや、キリル、酔っていたわよね？」

「ほぼ素面だったが？」

もしや、昨夜の全てはキリルの計画だったのかと思い始めたギギだが、テントの外から朝食の準備を促すリザの声が聞こえて、慌てて飛び起きる。

そうして、キリルが確信犯だったかどうかは闇に葬り去られたのだった。

朝は簡単な食事で済ませ、一行はすぐ出発した。馬に乗って、だだっ広い草原をひたすら進む。

朝の風は、爽やかにギギたちの傍を吹き抜けていった。

昨夜のうちにリザとアルセニーの仲はさらに進展した様子で、二人は馬上で親しげに体を寄せている。

二人が想い合っていることは、誰の目にも明らかだった。

(リザちゃんを、どうにかして彼に嫁がせてあげたいなあ)

そんなことを思いつつ、ギギは馬を急がせる。

昼すぎ頃、ギギたちの目の前にようやく東トリサ族の集落が見えてきた。

その周りには牧歌的な風景が広がっている。広い柵の中に沢山の羊がおり、小さな小屋には牛も繋がれていた。

その集落を抜けさらに奥へ進むと、東トリサの長が住む一番大きな集落が現れる。

そこには多くの家や人々の姿が見られた。戦時中だからか、男性の姿はまばらで、女性や老人、子供が多い。

「わあ、ここが東トリサの街なのね」

ギギがキラキラと目を輝かせながら感動しているのを見て、ヴィルカは得意げに笑った。

東トリサは遊牧民族で、定住を始めたのはここ十年くらいのことらしい。

まだ当時の文化が残っていて、住居として真っ青な屋根の変わった形の大型テントが使われていた。

(不思議な場所だわ)

アルセニーに気がついた住人が、ワラワラとギギたちの近くへ集まってくる。

「若様、よくぞご無事で……!」

一際大きなテントの中から、きれいな民族服を着た温厚そうな老人が姿を現した。東トリサの有力者の一人だろうかと、ギギは姿勢を伸ばす。

「ああ、若様が敵の急襲を受けたと聞いた時は、心臓が止まるかと思いましたぞ」

アルセニーは、長の息子らしくしっかりとした笑みを浮かべて、老人に向き直る。

「心配をかけてすみません。彼女たちのおかげで、こうして無事に戻ることができました」

彼はそう言って、ギギたちの方を手で示した。

「彼女たちはビエルイの王女一行で、力を貸してくれます。丁重にもてなしてください」

「な、何と……！　ビエルイですとっ!?」

老人は目を見張り、驚きを隠しきれない様子だったが、それをアルセニーが片手で制する。

「詳しいことはまた後で。今は長旅で疲れている彼女たちを休ませるのが先です」

老人は、今にも倒れそうな足取りでギギたちをテントの中へ導く。

「末端とはいえ、ビエルイの姫二人がやって来たんだ。普通、慌てるだろ」

キリルは、あたふたと動き回る老人を見ながらそう言った。

ギギは申し訳なく思い、老人に遠慮がちに声をかける。

「あの、突然押しかけたこちらが悪いのですから、私たちには気を遣っていただかなくて結構です」

ただでさえ、敵が攻めてきて大変な時だ。王女のもてなしなどしていられないだろう。

しかし、老人は「そうはいきません！」と語気を強め、首を横に振った。そして、はっと気づいた様子で低頭する。

「申し遅れました。私めは、長年アルセニー様にお仕えしている者でございます」

「私は、第十九王女のギギ。隣にいるのは第二十王女のリザです」

名前を告げると、老人はますます恐縮してしまった。そして、ギギたちの目の前にそっと茶を置く。

「こんなものしかなく、申し訳ありません。ビエルイの王族の方に十分なもてなしもできず……」

「こちらこそ、忙しい時にお邪魔してごめんなさい。私たち、皆さんの邪魔をしに来たわけじゃないのよ。むしろ手伝いに来たの」

ギギは老人を安心させるために笑みを浮かべる。

「こちらのキリルとシューラは、戦闘要員としてアルセニーたちに協力するわ。それから、私たちは魔法が使える。私は治癒の魔法を怪我人に、妹は防御の魔法を兵士たちにかけることができるの。微々たる力だけれど、役に立てると思うわ」

「な、何と……!?」

驚く老人に頼み、ギギはさっそく怪我人が収容されているテントへ急ぐ。

大きなテントの中は、負傷者でいっぱいだった。むせるような血のにおいに、ギギは思わず眉をひそめる。

真っ赤な包帯を巻いている者、手足のない者――重傷者が多く、手当ては追いついていないみたいだ。

目の前に広がる光景に圧倒されるギギに、老人は告げる。

「こちらにいる者は、まだ幸運な方です。安全な後方の地まで帰還することができたのですから。移動することも叶わず、戦地で苦しんでいる者も多いでしょう」

状況を把握したギギは、唇を噛んで人々を見回した。

怪我人の中には、小さな子供も交じっている。集落が攻撃を受けるなどして、巻き込まれてしまったのだ。

「命に関わる重傷者から順に手当てをしていきます」

ギギは手早く腕捲りをし、患者に魔法をかけていく。この人数を全員治療するとなると、かなり疲れそうだ。しかし今はなり振り構っていられないと、重傷者の患部に手をかざした。すると、その箇所が淡い光を帯びる。

「こ、これは……!?」

ギギの魔法を見た老人が、驚愕の声をあげる。

魔法をかけてもすぐに患者が復活するわけではない。体力と気力を補うために少し休む必要があった。そして、失った手足を元に戻すことは不可能だ。ギギにできることには限度がある。

けれども、人々はギギの魔法で傷が癒やされるたびに歓声をあげた。

ギギは怪我をした小さな少年の前にやって来た。不安げにこちらを見上げる少年の頭をふんわりと撫でる。

「大丈夫よ、すぐに治すからね」

幸い、少年の怪我は命に関わるものではない。ただ頭に切り傷があり、包帯には痛々しく血が滲んでいる。

ギギが手をかざして慎重に魔法をかけていると、やがて少年に笑顔が戻った。

「……痛くない」

小さな手で、少年がおそるおそる包帯を外したところ、傷はきれいに癒えている。

「ギギ王女、ありがとう！」

「どういたしまして」

はつらつとした笑みを見せる少年に、にっこりと笑い返す。

大勢の人の役に立てて良かったと、ギギは今までにない充足感を覚えた。

しかし、二十人ほど治療したところで徐々に体が重くなってくる。魔法を使いすぎたのだ。

「ギギ王女、少しお休みになられては？」

老人が心配そうに声をかけてくる。

「いいえ。重傷者はあらかた治したけれど、まだ三十人以上、治療が済んでいないわ。あとちょっと頑張ってみる」

「で、ですが……」

オロオロと困った表情を浮かべる彼に、ギギは小さく笑いかけた。

「心配しなくても、倒れるまでの無理はしないわ」

そうして早期の治療が必要な者を治してから、ギギは老人と共に一旦その場を後にした。歩けるものの、少し頭がクラクラする。

先ほどのテントのさらに奥に、石で作られた小ぶりな城がある。大きなタマネギ形の屋根は、鮮やかなオレンジ色だ。

「ここが拠点ですか？」

ギギの質問に、老人が頷（うなず）いた。

「ええ、長（おさ）の城です」

「素敵なお城ですね」

「ここを中心として、放射線状に小さな集落が広がっています」

きょろきょろと周りを見回しながら城へ向かって歩いていると、入り口にキリルの姿があった。

彼はギギの傍までやって来て、そっと肩を支えてくれる。

「ギギ、少しふらついているぞ」

「大丈夫。ちょっと魔法を使いすぎて疲れただけ。明日も頑張るわよ！」

「……頑張らなくていいから、じっとしていろ」

ふいに体が浮かび上がり、気づけばギギはキリルにおぶさっていた。そのまま、石でできた廊下を進む。

すれ違う人々に生温かい視線を注がれ、ギギはいたたまれない気持ちになった。

「は、恥ずかしいから！　降ろしてちょうだい」

「うるさいな。そんなになるまで魔法を使うあんたが悪い」

城の人々が見守る中、キリルに運ばれて客室へ辿り着く。

アルセニーの父――東トリサの部族長は、前線にいるらしく留守だった。

現在、北トリサ族が優勢で、東トリサの人々は苦戦を強いられている。北トリサの軍勢は、だんだん東トリサの中心であるこの地に近づいて来ているみたいだ。

「ギギ、明日は休め」

「そうはいかないわ。明日は残りの人たちを治療して別の集落に移動したいの。他にも手当てを必要とする人がいるでしょうから。キリルは――」

眉を曇らせるキリルを見つめ、ギギは緩く首を横に振って言う。そんなギギの言葉に被せるようにキリルが口を開いた。

「俺は、ギギと一緒にいる。あんたを守るのが最優先だ。シューラが手配した味方の援軍が敵陣営に向かっているらしいが、正面からやり合う気はない。裏から頭を潰してしまうのが手っ取り早いからな」

「犠牲が少ないのが一番よね」

ギギは力強く頷いた。

北トリサの長であるザウルさえ押さえてしまえば、あとはこっちのものだ。

「北トリサの部族長を問答無用で捕まえて、平和的解決ね」

戦場で役に立てない自分がもどかしい。けれど、作戦が上手くいくようにと祈りながら、ギギは今後に向けて思いを馳せるのだった。


翌日、残りの怪我人を纏めて治療したギギは、すぐに隣の集落へ向かった。

ここもまだ戦火が及んでいない場所であるが、前線により近い。運び込まれた怪我人の数は昨日の集落と比べて多いそうだ。

(本当はもっと被害の大きな前線へ行くべきだけれど、私の身に何かあればややこしくなるわよね。国王にばれたら何をされるかわからないし)

王女とは面倒な身分である。ギギはそっとため息をついた。

キリルはギギに付き添い、ヴィルカとアルセニーは、シューラの用意した援軍と合流するために彼と前線へ向かうことになった。

今回の援軍は、孤児院院長の父親である辺境の伯爵が派遣してくれたものなので、伯爵家で働いていたシューラが対応する方が円滑に事が運ぶ。伯爵も戦火が自分の領に及(およ)ぶ前にザウルを潰(つぶ)しておきたいらしい。

昨日治療して元気になった若い兵士たちも、アルセニーと共に戦地へ向かう。彼らはギギをキラキラした尊敬の眼差(まなざ)しで見つめている。

そして、怪我(けが)を治した少年もギギのすぐ傍(そば)についていた。彼は隣の集落に父親がいるそうで、一緒に移動することになったのだ。

「……また信者を増やしましたねえ。治療の時に、相手を陥落させる言葉でもかけたんでしょう?」

シューラがぼそりと呟き、ギギが首を横に振る。

「だから、私のことを怪(あや)しい教祖みたいに言わないで欲しいわ。信者、信者って。普通に皆を励(はげ)ましただけよ」

広い草原が広がるここにも、数多くの羊が放牧され、馬もたくさん飼われている。しばらく進むと、徐々に集落が見えてきた。小さな村のような場所で、こぢんまりとしたテントが並んでいる。

到着すると、元気な住民たちが長(おさ)の息子であるアルセニーを出迎えた。

好青年の彼は、民からも好かれる人物みたいだ。リザもそれを感じ取ったらしく、彼を見つめる視線の熱が増している。

住民の中には集落を守る兵士もいて、彼らとアルセニーは手早く情報を交換した。

「戦況は？」

「芳しくないです。今は長様が粘っておられます」

兵士の報告を聞いたアルセニーは渋い顔をする。

「この集落は、まだ大丈夫ですか？」

「はい、アルセニー様。ですが二つ先の集落は、もう駄目です。すでに戦場になっています」

「思ったより、侵攻が早いな……」

「敵の中に、とりわけ強い部隊があるようで。おそらく、ザウルの子飼いの者たちでしょうが」

「私やヴィルカが襲撃を受けた相手かもしれません。用心しましょう」

アルセニーの言葉に頷いた兵士は、ふいにこちらへ視線を寄こした。

「ところで、そちらの女性たちは？」

「こちらの方々は、ビエルイの王女で……」

「王女!?　だ、大丈夫なのですか!?　こんな場所に連れてきて!!」

昨日の老人と同じように、兵士は目を白黒させた。

何とか彼を宥めると、ギギはテントへ向かい、さっそく怪我人の治療を開始する。

リザも兵士相手に身を守るための魔法をかけ始めた。

回復した兵士の中でも怪我の軽い者たちは、リザに魔法をかけてもらい、再び前線へ向かう準備を始める。

「ありがとうございます。これで、また戦うことができる！」

「あまり無理をしないでね」

少し複雑な気持ちになりつつ、ギギは治療を続けた。本当は戦などしない方が良いのだ。

ここの怪我人は百人ほど。数は多いがコツコツと治せば大丈夫そうだ。

昨日のことを教訓に治療の仕方を考えたため、あまり疲れることなく多人数を相手にすることができた。


三日が経過し、ギギたちは、相変わらず治療や強化に奔走していた。

ギギの話が広まって、他の集落にいる者も怪我を治してもらうために運ばれてきたのだ。

アルセニーやヴィルカたちは、この集落に着いたその日のうちに、一つ先の集落に向かっていった。

この集落での治療が一段落した後、ギギはヴィルカやアルセニーのいる集落へ移動することにした。

もちろんキリルには反対されたが、従うわけにはいかない。前線に近いので危険度は増すけれど、怪我人は向こうの方がさらに多いのだ。

今のところ、ザウルに関する目立った情報は入ってきていないものの、楽観視はできない。

（油断は命取りになるわよね）

次の集落に着き、怪我人の手当てを一通り済ませたギギは、住居として使われている小さなテントの間を抜け、捕虜たちのいる大きなテントの前を通りかかった。

すると、そのテントの中から怒声が聞こえてきた。

（ヴィルカの声……？）

テントの入り口の布を捲ったギギは、険しい顔のヴィルカと、彼に胸ぐらを掴まれている北トリサの捕虜の姿を見つけた。彼らの傍らには、冷たい表情でその光景を見つめるアルセニーもいる。

いつもは優しい二人の豹変ぶりに、ギギはただ困惑する。

（何が起こっているのかしら）

様子を窺っていると、ヴィルカが絞り出すような声で北トリサの捕虜を責めた。

「どうして、どうして裏切った!? 俺たち従兄弟同士で、一緒にザウルを倒そうとしていたじゃないか……！」

北トリサの兵は、悔しげに顔を歪める。

「すまない、だが……仕方ないだろう。妻を人質に取られたのだから。ザウル側に寝返らなければ、彼女を殺すと脅されたんだ」

「だから、俺やアルセニーの潜伏場所を教えたのか？　俺たちが殺されるとわかっていながら！」

怒りに目をむくヴィルカに対し、捕虜は顔を真っ青にして声をあげた。

「それは誤解だ！　あんなことになるなんて思わなかったんだ！　ザウルは『息子を捕まえて、大人しくさせておく』と言っていたから。まさか、ヴィルカたちを殺そうとするなんて！」

北トリサ兵の言葉に、ヴィルカやアルセニーが悔しげに顔を逸らす。

「で、肝心のお前の妻は……助かったのか？」

ヴィルカが厳しい表情で問いかけると、北トリサ兵の顔に暗い影が落ちる。

「……まだ、捕まっている。この戦が終わるまでは解放されないだろう。俺の他にも、人質を取られている奴らが何人もいるんだ。ザウルは相手の弱みを握って言うことを聞かせ、戦場で自分の駒として使っている」

「実に、人望のない親父らしいやり方だよ」

首を振ったヴィルカの横から、アルセニーが落ち着いた様子で北トリサの捕虜に声をかける。彼の方が、幾分か冷静なようだ。

「残念ながら、あなたを解放することはできません。また居場所を暴露されては困りますからね。ただ、捕らわれた人質たちは、なるべく早く救出すると約束します」

それだけ言い残し、二人はさっとその場を離れる。北トリサ兵は拘束されているため、その場から動けない。何とも言えない表情を浮かべて、じっとヴィルカたちを見送っていた。

入り口の方に無言で歩いてきた二人と目が合って、ギギは僅かに見じろぎする。見てはいけないものを見てしまった気がしたのだ。

険しい顔のヴィルカはギギを見て一瞬驚いた表情をしたものの、すぐさま微笑んだ。

「ギギ、こんなところに入ってきちゃ駄目だよ？　危ないから、外に出よう」

「ええ……」

アルセニーも、いつもの優しい表情に戻っている。

「あの……北トリサ側の人質を助けるの？」

尋ねると、ヴィルカが困ったように頬をかいた。

「聞かれていたんだね。格好悪いところを見せちゃったなあ」

「ごめん。盗み聞きするつもりはなかったんだけど、たまたま前を通りかかって」

頷いたヴィルカは、北トリサの現状について語り始める。

「今の北トリサ兵の中には、身内を人質に取られて身動きできない兵士たちがいる。俺やアルセニーは、ザウルの捕縛に向けて行動しつつ、人質を救出して兵士をこちらに取り込むよ」

「人質たちはどこにいるの？」

「北トリサの本拠地の近くに小さな砦があって、その中に捕らえられていると斥候から報告があった。ギギたちの協力もあって東トリサ兵たちの勢いは増しているし、奪われた土地も徐々に取り返すことができている。その砦がある場所まで、あと少しといったところだよ」

「そうなんだ」

「俺たちはこの集落を発って先へ進む。前線付近で人質救出とザウルを捕まえることに集中するつもりだ」

「うん。じゃあ、私は別行動で進んで、兵たちの怪我を治していくわ。前線へは極力近づかないから、心配しないで」

「ありがとう、ギギ。この戦いが終わったら、俺の嫁……」

ギギの両手を取ったヴィルカが熱のこもった瞳で何事かを告げようとした瞬間、彼の背後から何かが飛来した。

「うがっ!!」

その物体は、ヴィルカの後頭部に「ゴン」と音を立てて命中し、彼は悶絶しながらしゃがみ込んだ。痛そうだ。

「ヴィルカ!?　大丈夫!?　……何これ、ジャガイモ？」

地面に転がっているジャガイモを見て首を傾げていると、ふいに横から伸びてきた手がギギの腕を捕らえた。

「何をやっている、ギギ。うっかり求婚されるところだったんだぞ？　こんな大人数の前で求婚されでもしてみろ、もみ消すのが大変になるだろう？」

はっと横を見ると、案の定キリルが渋い顔をしてギギを見下ろしている。

「……キリル？　このジャガイモはどこから？」

「近くの畑に落ちてた」

彼の指差した方を向こうとしたが、がっちりと抱きしめられて身動きが取れない。

その間に、キリルはヴィルカに言い放った。

「ギギは、俺の嫁だから」

しかしヴィルカも黙っていない。

「ただの護衛が何言ってんの？　明らかに、俺とギギが結婚する方が現実的だ」

「うるさい。手段を選ばなければ、方法はいくらでもある」

正直すぎるキリルに、ギギは焦った。皆の前で、その危険な思考を極力披露しないで欲しい。

そっとキリルを盗み見ると、彼は「監禁しよう」とでも言い出しそうな雰囲気で、うっすらと微笑んでいた。

（ヤバい、あり得なくもない感じだわ……!?　前にもそんなことを言っていたけれど、どこで教育を間違えたのかしら!?）

ギギは、危険な妄想に走り始めているキリルを止めるべく口を挟む。

「そ、そういえば、人質を助けるために動き出すのよね。きっとキリルやシューラが助けになってくれるわ！」

「シューラはともかく、こいつはどうかな」

「土下座して頼めば考えてやらんこともない」

「ふざけるな！　誰がするか！」

言い合いをしているキリルとヴィルカを余所に、アルセニーが真剣な表情でギギを見る。

「キリルさんもいますし、ギギ様の同行は途中までなら許可しますが、リザ様の同行は許可したくありません。彼女に来ていただく方が助かるのは事実。けれど……」

「リザちゃんのことが好きだから、心配なのね？」

ギギの言葉に、アルセニーはわかりやすくビクッと体を震わせた。

（おお、バレバレだわ！　やっぱり両想いなのね！）

彼と妹の恋は、ギギとしても応援したいところだ。

「でも、リザちゃんはあなたについて行くことを望んでいるわ。危険に近づけたくないのは私も同じ。だから本人に聞いてみるのが良いわ。あの子だって、王女の自覚をきちんと持っているもの。それに、もう自分で判断できる年齢よ」

難しい表情で頷(うなず)いたアルセニーは、ギギに礼を言い、リザのもとへと去っていった。

「……さて」

ギギは小さく息をはくと、後ろで小競り合いを繰り広げているキリルを振り返った。視線に気づいた彼は、ギギを見ながら冷静に言う。

「そろそろ、援軍で呼んでいた別働隊が到着する頃だな」

援軍とはもちろん、シューラが伯爵家から秘密裏に借り受けている兵士だ。足がつかないよう、表面上は東トリサ族が個人的に雇った傭兵(ようへい)ということになっている。

「シューラには、援軍を指示して北トリサの部族長を捕らえてもらうわ。そしてキリル、あなたには私とは別に人質の救助活動を手伝ってもらいたいの。ヴィルカやアルセニーも一緒に動いているから……」

「断る」

「そこを何とか！」

「……俺は、あんたを守るのが仕事だ。今回の戦(いくさ)に協力するとは言ったが、ギギから離れてまでやる義理はない」

「私のことは東トリサ兵の皆さんが見てくれるから大丈夫よ。あなたの戦力が必要なの」

「駄目だ。東トリサ兵などあてにならない」

ギギが懇願（こんがん）するも、キリルは頑として首を縦に振らない。

そんなキリルの横でヴィルカが口を開く。

「そいつの言うとおりだよ。東トリサの兵は、龍族のキリルほど強くない。ギギに何かあれば、俺たちはビエルイに滅（ほろ）ぼされる。国王は部族の自治を認めたくないし、隙（すき）あらば呑み込もうと機を窺（うかが）っているから。親父もそこのところをわかってくれたら良いけど、阿呆（あほう）だからきっとギギでも普通に襲うと思う。むしろ、君を捕まえて『ビエルイ国王に何か要求しよう』とか考える人間だ」

ヴィルカの言葉に、ギギは肩を竦（すく）める。

「残念だけど……うちの父親は、私なんて簡単に切り捨てるわよ。まあそれでも、『王女のため』なんて大義名分を掲げて全力で両トリサ族を滅（ほろ）ぼしに来るわね。人質の私が殺されてもお構いなしに。上手いこと、自分たちに都合のいい『悲劇の王女』に仕立て上げるでしょうよ」

「さすが、ビエルイの国王だな。まあ、そういうわけならなおさら、キリルに守ってもらいなよ。妹ちゃんも、アルセニーが発（た）った後はキリルの護衛が必要だよね。アルセニーの奴、誰にもリザちゃんを近づけたがらないから」

「アルセニーが妹を護衛してくれて、私も助かっているわ。私は彼の恋を応援しているの」

「そっか。なら、人質の救出は俺たちに任せてよ！　兵は借りるけど……」

「うん、そうするわ」

ギギとキリルは自分たちのために用意されているドーム型のテントに戻り、ヴィルカとアルセニーはシューラと協力して出発準備を始めた。

彼らを見送ってしばらく経った時、にわかに外が騒がしくなった。

馬の蹄の音と、人々の叫び声や怒声が聞こえてくる。

「な、何があったの？」

驚いてテントから顔を出すと、通りがかりの兵士が慌てた様子で言った。

「敵が攻めてきました。奇襲で、捕虜たちを奪還しようとしているみたいです！」

ギギとキリルは顔を見合わせた。

「よし、潰そう」

迷うことなく、キリルがテントの外へ出ようとする。

「待って。それなら、リザちゃんに魔法をかけてもらってからにして」

少し前に、リザが面白がってキリルに魔法をかけたことがあったのだが、その時の彼は素手で木を引き抜き……そして粉砕したのだ。

もはや、人間とは呼べないレベルになっていた。

今回もそれくらい強化すれば、キリルが大怪我をすることはないはずだ。

「ギギ、様子を見てくるからここから出るなよ」

リザに魔法をかけられたキリルが振り返って告げる。

「うん……」

いくら何でも、こんな状況で外には出られない。ギギやリザが敵に渡れば、両トリサに待ち受けるのはビエルイによる攻撃一択だ。それによりまた余計な血が流れることなど、あってはならない。

キリルに頷くと、ギギはさらにテントの奥へ行こうとした。その時、すぐ近くで凄まじい破壊音が轟く。

「な、何？」

リザが震えながら後ずさりをする。外で足音がし、テントが剣で切り裂かれた。

現れたのは、赤ら顔の大男と剣を持った二人の兵士だ。大男は背中に石でできたハンマーを背負っている。

「……っ⁉」

キリルはギギたちを庇うように立ち、険しい顔を大男に向ける。

「わざわざ捕虜のいないテントを狙うなんて、どういう了見だ？」

大男は返事をしなかった。その代わりに、持っていたハンマーをキリルに向かって叩きつける。

腹に響くような衝撃音と共に、地面の一部が割れた。

(何も話す気はないみたいね)

ギギたちが目の前の兵士二人を見据えていると、敵兵が次々とテントになだれ込んできた。ギギたちの存在が、どこからか敵に知られたのかもしれない。

ギギは、怯えるリザをぎゅっと抱き寄せた。

「大丈夫よ、リザちゃん。キリルにはあなたの魔法がかかっているもの。それに、私もいるのよ？あんな兵士、纏めて腹を下してやるわ！」

「お、お姉様……」

恐怖に顔を強張らせるリザは、小さく頷き、ギギにも防御魔法をかける。しかし、魔法を使う者は、自分自身にはその力を使えない。

体を強化されたギギはリザを自分の背後に隠し、敵に魔法をかけるべく構えた。

（大丈夫だとは思うけれど、かなりの人数ね）

ギギが魔法をかけようとしているとは知らない大男は、キリルに向かって再びハンマーを振り下ろす。

後から現れた敵の兵士も一斉にキリルに襲いかか……ろうとしたが、突然腹を押さえてうずくまった。

「うっ、痛い……腹が、腹がぁっ！」

「くそっ！　厠はどこだ⁉」

悶絶する兵士たちはたちまち闘志を失い、地面の上でうなぎのごとくのたうち回っている。

その様子を見たギギは、ニンマリとほくそ笑んだ。

「よし、上手くいったわ！」

「さすがですわ、お姉様。容赦ありませんわね」

ギギは、以前意地悪な王女たちにかけたものと同じ、治癒とは逆の魔法を敵兵たちにかけた。今、彼らはもれなく腹を下している。命に関わるものではないが、苦しさは折り紙つきだ。

動けない兵士たちを余所に、キリルと大男は戦い続ける。

「リザちゃん、危ないからこっちへ」

「はい、お姉様」

「それにしても、あの大男は強靭な意志の持ち主だわ。一応兵士たちと同じ魔法をかけているのだけれど」

ギギは敵ながらも感心したように大男を見やった。

重度の腹痛に耐えつつ、大男はハンマーを振るい続けているのだ。普通であれば、他の兵士たちと同じく動けないはずなのに。

「まあ、お姉様。なかなか鬼畜ですわね」

リザはクスリと笑ってギギを見つめる。すっかり調子が戻ったようだ。

「だって、キリルが怪我をしたら困るもの」

ギギは神妙な面持ちでキリルを眺めた。彼は背後にいるギギたちを庇いながら戦っているので、これくらいのハンデがあってもいいはずだ。

「大丈夫ですわ。キリルはもともと強いですし、私が防御の魔法をかけているのですから」

そう言って励まし自分の手を握るリザを、ギギは眉尻を下げて見つめ返した。

「……そうよね」

キリルは流れるような動きで相手のハンマーを躱していく。大男のハンマーは何度も空を切り、反動でテントの支柱を破壊した。メキッという嫌な音が響きテント全体が傾く。

「危ないわ、倒れる！」

ギギは咄嗟にリザを庇うため、覆い被さって身を伏せた。

天井を支える柱がバランスを失い、ギギたち目がけて落ちてくる。

「……っ！」

衝撃に備えて目をきつく閉じるギギだが、一向に何も降ってくる気配はない。

（あ、あれ……？）

頭上を確認すると、ギギに当たるはずだった柱が空中で真っ二つになっていた。二本の柱は、そのまま離れた場所に落下する。

「ええっ!?　折れてるー!?」

目を丸くしながら後ろを見ると、ギギを守るようにキリルが立っていた。体を強化された彼が、倒れてくる柱を防いでくれたことは明らかだ。

「ギギ、怪我はないか？」

「大丈夫よ、ありがとう。キリルは？」

自分を庇った彼が怪我をしていないか心配でならない。あんな太くて大きい柱を折るだなんて、普通の人間では考えられないことである。

「この程度で怪我をするわけがないだろ。龍族の体にリザの魔法がかけられているんだぞ」

「……あらあら」

確かに、倒れてきた柱はポッキリと真っ二つになっているし、大男は天井から落ちてきた布に覆われてもがいている。

他の柱は、人のいない場所に倒れたので被害はない。

「今がチャンスだわ！」

ギギは残りの力を結集して大男にぎっくり腰の魔法をかけた。相手は布に覆われており、ギギの様子は見られていないので、堂々と魔法を使うことができる。

腹の調子が悪い上にぎっくり腰まで重なり、布の中から大男の苦悶する声が聞こえてきた。

卑怯なやり方かもしれないけれど、皆の安全のためにきれい事は言っていられない。

異変に気づいた他の敵兵たちがテントに集まってくるが、すぐにキリルが蹴散らしていく。

相手が気の毒になるくらい圧倒的な力の差だ。

敵を全滅させたキリルは、最後にぎっくり腰で苦しんでいた大男にも一撃を食らわせて撃沈させる。

「ギギ、こいつらを捕縛したら怪我人の手当てに向かうぞ。さっさと回復させて戦力差を埋めないと、俺一人が働く羽目になるからな。ギギの護衛に気を配れなくなるのは困る」

後ろから抱きつきながら、キリルがもっともらしい言葉を口にする。

「キリル、お姉様を放すのです。衆人の前で悪目立ちしてしまいますわ」

腰に手を当てたリザは、キリルを睨めつけて注意した。

「そうか？」

しかし、彼は嬉しそうな顔をするだけだ。効果はない。

「離れなさいってば！　ビエルイの王女に悪評が立ってしまいます！」

「望むところだ。ギギの伴侶が誰なのかを見せつけてやる」

「駄目でしょう？　お姉様も何とか言ってください、あなたはキリルを甘やかしすぎなんです！」

「ご、ごめんなさい……」

リザの言うことはもっともだし、可愛い妹には反論できない。

ギギはお小言を躱すようにその場を逃げ出し、そそくさと怪我人の手当てに向かうのが精一杯だった。

壊れたテントを出たギギは、キリルと共に集落の被害を確認して回る。急な襲撃のせいで被害は甚大だ。

せっかく魔法で治したにもかかわらず、大怪我をしている兵士も多い。手当てが振り出しに戻った上、全てのテントが半壊していて人が住める状況ではない。残っている者たちで、急ぎ、態勢を立て直す必要があるだろう。

大至急治療が必要な者へ魔法をかけ、一段落したギギに、隣を歩くキリルが声をかけた。

「ギギ、別の集落へ移動した方が良くないか？」

「でも、捕虜はどうするの？　怪我人もまだいるし、置いておけないわ」

「敵兵は腹痛とぎっくり腰で動ける状況じゃない。拘束しておけば大丈夫だろう。味方も、酷い怪我の者はあらかた治したから平気だ」

「確かにそれも一理あるけど……」

そんな調子でキリルと話をしながら集落の中を歩いていると、無事だった住民や兵士たちが駆け寄ってくる。

「ああ、ギギ様！」

「どうか、この集落をお救いください！」

必死の形相で口々に頼み込まれ、ギギたちは足を止める。

「へ？　どういうこと？」

詳しく話を聞いたところ、彼らはギギを聖女のように思っており、全面的に頼りたいということらしい。

「今、ヴィルカ様やアルセニー様は、人質救出のためにこの地を離れています。私たちだけでは心許ないのです……」

他国の王女を全面的に当てにするのは危険だ。しかし先ほどの襲撃を鎮めてみせたギギたちを見て、もはやそうする以外に方法がないと覚悟を決めたと言う。

「お願いします。あなたに頼るしかないのです。どうかここに残って、敵の進軍を食い止めてください」

彼らは、すがるような視線を向けて懇願する。

(ヴィルカやアルセニーたちのいる前線付近には行けないのだし、ここに滞在しつつ彼らを待つのはありね)

考えていると、住民たちがまた一歩距離を詰めてくる。

「あなた方がいてくださるだけで、兵士たちの士気も上がるのです。どうかお願いします」

キリルはギギを庇って、不機嫌そうな顔で彼らの前に出た。

「ギギやリザに何かあったら、お前たちは責任が取れるのか？　こいつらはビエルイの王女だぞ。傷つくようなことがあれば国が黙っていない。何でもかんでもギギたちを頼るのは止めろ」

彼の言葉に、住民たちの間に動揺が広がった。

しかし背に腹は代えられないと、必死な目でなおも訴え続ける。彼らにとっては、先のことより今を生き抜くことが重要なのだ。

「どうか……お願いします！」

ギギやリザは、こうして頼み込まれることに弱い。

（ここで引くのならそもそも手を貸していないのだし……もともと、全面的に彼らを助ける気だったものね）

少し迷った末、彼らの要望を受け入れることを決めた。リザも同意見のようだ。

乗りかかった船なのだし、途中で投げ出すのも後味が悪い。

ギギを関わらせたくないキリルだけは、苦い顔で舌打ちしている。

「ギギ、無理をする必要はない。安全な集落に移動するぞ」

「いいえ、助けてあげましょう。あと少しなら魔法が使えるし。リザちゃんは？」

「私も大丈夫です。まだ兵士に防御の魔法をかけてあげられます。それよりも、急いで決着をつけないと、今いる捕虜たちにかかったお姉様の鬼畜な魔法が解けてしまいますよ。数日おきにかけ直すのは手間ですわ」

すっかりやる気の二人を見て、キリルはうんざりした表情になった。

集落の者たちは歓声をあげ、素早くザウルたちを迎え撃つ準備を始める。

ザウルは、きっと捕虜奪還に関してあの大男を当てにしていたのだろうが、彼はすでに捕まっている。

徐々に状況が劣勢になりつつあると知れば、死に物狂いで襲いかかってくるかもしれない。

窮地に立たされた人間というのは、意外と厄介なのだ。

4　決着と処分

北トリサの部族長——ザウル・ヴォルクが集落の近くまで迫ってきていると連絡が入ったのは、その日の夜のことだった。

ザウルは大柄な体に赤銅色の髪を持つ偉丈夫だ。彼の率いる軍勢は今、シューラたちの部隊をことごとく躱して東トリサの中心部を目指しているという。

シューラからの伝令を聞いたギギは、集落のテントの中で腕組みしていた。中心部に向かうなら、この集落もじきに通過するはずだ。

（……自分が劣勢である状況で真っ直ぐ突っ込んでくるなんて、無謀にも程があるわね）

ザウルとの対決は思ったよりも早いものになったが、ギギたち東トリサの面々はすでに彼を迎え撃つ準備を整えている。追って、シューラたちもこちらへ合流するはずだ。

集落には松明の明かりが煌々と輝いていた。

テントの隅に隠れたギギたちは、いつでも出撃できるようこっそり敵の様子を窺う。

すると、北トリサの兵らしき集団が、集落の入り口に近づいてきたのが見えた。

大きな馬に乗り堂々とした不気味な兵士たちは、迷うことなく前進してくる。隠れる気のまったくない進軍は、こちらを侮っているにも程がある。小さな集落を潰すことなど造作もないとでも考えているのだろうか。

ギギはそんなことを思いながら敵軍を眺めた。

暗くて見えづらいが、この中のどこかにザウルがいるはずだ。

彼らは集落が静まり返っているのを就寝中だと捉えたらしい。遠慮なく集落へ乗り込んでくる。

「のこのこと現れたみたいだな。阿呆が」

ギギの右隣にいるキリルが、呆れ顔で言う。

「そうこき下ろしてはいけませんわよ。阿呆で助かったじゃありませんか。頭が切れる相手だと、こちらも被害が増えていたはず」

左隣にいるリザが、小声でキリルに言い聞かせた。

「そもそも、頭の良い奴ならこんな揉め事は起こさないだろうしな」

互いに言いたい放題なのをギギが止める。いつものパターンだ。

「二人とも静かに。敵の兵士たちは捕虜がいるテントへ向かったわ。私は手はずどおり、敵兵たちに魔法をかけるわね！」

「ああ、恐ろしいですわ。お姉様、今度は何の魔法をかける気ですの？」

「定番の腹痛にぎっくり腰をプラス。それから手足が同時につるようにするわ。あまり大がかりな魔法は、大人数にかけられないから。でも、思ったより人数が多いみたいね。全員に全部の魔法をかけるのは厳しいかも」

「……二つだけあれば十分だろう」

顎に手を当て考え込むギギを前に、キリルは少し引いた様子で呟いた。

ギギはさっそく物陰から身を乗り出す。

「とりあえず、お腹と腰に」

魔法で弱らせたところを、隠れている東トリサの兵士が捕縛する作戦だ。

ギギは手を前にかざし敵兵に魔法をかける。

すると途端に、進軍している兵士のうち、数人の動きが格段におかしくなった。それでも彼らは隊列に続こうと、懸命に足を動かしている。

（凄い精神力……！）

脂汗を浮かべながらも必死に前を向く北トリサの兵士に、ギギは内心驚きの声をあげる。緊急事態に陥ってもいつもどおり振る舞い続けるなど、なかなかできることではない。

（さすが、ザウル直属の兵士たち。日頃からきちんと鍛えられているのね）

ギギは、敵の持つ鋼の精神力に素直に感心した。けれど――

（あらあら？）

その中で一人だけ、明らかに動きが変わった者がいる。

大きな黒馬に乗り先頭を進む、一際豪華な鎧を着た大柄な男が、馬上で腹と背を押さえてうずくまりだした。松明に照らされた彼の髪は、ヴィルカと同じ赤銅色だ。

彼の苦悶の声は、ギギたちのいるところまで聞こえてくる。

「おそらく、あれが敵の頭のザウルだな。しかし何だあれは。部下が頑張っているのに情けない」

キリルが男を指差して、呆れた調子で続けた。

「この分では、簡単に捕まえられそうだ」

「そうね。手足がつる魔法は必要なかったわ」

馬から落ちそうなド派手男――ザウルに彼の部下たちが駆け寄る。自分たちも辛いだろうに、献身的だ。

しかしザウルはそんな部下たちを怒鳴りつけ、あまつさえ殴りつけた。部下たちは、ザウルを懸命に落ち着かせようとしている。

ザウルが白髪の交じった薄い髪をかきむしり大きく咆哮すると、周囲にいた部下たちがビクリと体を震わせた。ザウルは気に入らないことがあると近くにいる人間に八つ当たりする、とんでもない男のようだ。

そしてその怒りの矛先は、どこに向かうかわからない。

皆、彼が気まぐれに落とす雷を回避すべく、怯えながら慎重に動いている。

部外者のギギに北トリサの内情はきちんとわからなかったが、何となく雰囲気でザウルの横暴さは理解できた。

（もしや、北トリサ兵の精神の強さは、日頃、ザウルのパワハラに耐えているからなんじゃ……）

北トリサの「労働環境ブラック説」が浮上したところで、集落に潜んでいた東トリサの兵士たちが飛び出す。

「ザウルを捕えろー！」

その号令を皮切りに、兵士たちが一斉にテントの陰から走り出した。

北トリサ兵たちの隊列が乱れ、戦闘に突入する。

まんまと東トリサ兵に包囲されたザウルが、悔しげに顔を歪めた。

「くそっ！　罠か！　倒しても倒しても、どこからともなく湧いてきやがって。忌々しい奴らめ！」

北トリサの兵士の数は多く、東トリサ集落にいる兵の五倍はいる。

しかし、ギギの魔法で何度も復活し、リザの魔法で強靭な肉体を得た東トリサの兵士たちは、人数差をものともしないくらいに強かった。

ギギたちに気づいて襲ってくる兵士もいたが、全てキリルが瞬殺する。

「……キリルが出ていけば、一発でしょうに」

「俺は目立ちたくない。後のことを考えると、必要以上に手を貸さない方が良いだろう。これ以上当てにされるのも面倒だ。東トリサは、この争いをなるべく自力で解決しなければならない」

そう言いつつ、キリルはザウルがいる方向へ目を向ける。見ると、敵の頭を捕らえようと東トリサ兵が奮闘していた。体調の悪い北トリサの兵士たちは苦戦している。

だが、ザウルが火事場の馬鹿力を発揮し、兵士たちを圧倒していた。やはり北トリサの長をしているだけあって、強い。ただ、腹痛が辛そうではある。

(大変！ やけくそで、やたらめったら剣を振り回しているのに、何故か隙がないわ！)

ザウルは怒りと苦しさで顔を真っ赤にしながら、必死に抵抗を続けている。

そうして時間だけが過ぎ、少し肌寒くなってきた。

腕を抱えて震えていると、キリルが自分の着ていた上着をギギにかける。

「ちょっとキリル。私も上着が欲しいのですわ！」

同じく寒い思いをしているリザが、頬を膨らませて抗議した。

「リザちゃん、こっちへいらっしゃい。一緒に入りましょう」

「お姉様、大好き！」

いそいそとリザはギギの傍に寄り、上着に潜り込んだ。

「ありがとう、キリル。でも、これから明け方にかけてさらに寒くなりそうね」

ギギの声に頷いたキリルは、面倒くさそうにザウルの方を見て舌打ちした。

「仕方ないな、俺が片づけるか」

「あの、私も手伝うわ。頭痛と捻挫の魔法を追加して……」

「いや、いい。ギギの魔法は後のために残しておけ。俺が行ってくる」

物陰から出ないことを約束させると、キリルはザウルに向かって颯爽と駆けていった。

キリルは、目の前に立ちふさがる北トリサ兵をちぎっては投げ、ちぎっては投げ……と、あっという間に蹴散らし、ザウルに迫る。

「な、何だ、お前は……!?」

とんでもない光景を目の当たりにしたザウルは恐れをなしたのか、味方兵士を盾にした。体調不良も相まって、ザウルの体はふらふらしている。

ザウルを守る兵士たちは、キリルにまったく歯が立たず、だんだんと彼らの士気が下がってくる。

そうしてほとんどの兵士たちは倒れ、残りはザウル一人になった。

孤立無援な上に腹痛と闘う彼は、大きく反った太い剣を振り回す。その剣圧で周囲の草が散った。

「や、やめろ！　俺を誰だと思っている！　このっ！」

しかしキリルは涼しい顔で難なくそれを避け、小さなナイフで応戦する。

いくらザウルが強くても、龍族であるキリルの前ではどうしようもなかった。

元刺客のキリルは、ギギの傍にいるようになってからも、ずっと腕を磨き続けていたのだ。

「このっ、くそっ！」

悪態をついたザウルは急に踵を返して逃げ出す。それを見たキリルが、面倒くさそうに無言で彼を追った。ギギたちも、こっそりキリルの後に続く。

ザウルは向かってくる東トリサの兵士を蹴散らしながら集落の中を走り抜ける。そして、一つの大きなテントの中に侵入した。

それは、戦えない老人や子供が避難しているテントだった。

テントを守っていた兵士はザウルに倒され、中からは悲鳴が聞こえてくる。

キリルやギギたちがようやく追いつくと、ザウルは少年を引っ張り出し、大剣を首に当てて言った。

「武器を捨てろ！　でないと、この子供の首が飛ぶぞ！」

彼はギギが傷を癒やし、父親のいるこの集落までついて来ていた少年だった。少年は言葉もなく震えており、彼の家族は青い顔で成り行きを見守っている。

キリルは、馬鹿にしたような顔でザウルを眺めていたが、ふいにギギの方に視線を移した。

「キリル……？」

少し考える素振りを見せた後、キリルは手にしていた小ぶりなナイフをポトリと地面に落とした。

しかし、ザウルはそれでは納得しない。

「全部だ！　まだ武器を隠し持っているだろう。そんなナイフ一本で、戦場にいるはずがない」

ザウルは未だ動ける北トリサ兵を呼ぶと、キリルの体をあらためさせた。

「抵抗すれば、子供の命はないと思え！」

キリルは黙って、されるがままになっている。

すると、出るわ出るわ、刃物の数々、飛び道具、針、怪しげな薬……

あっという間にキリルの足下は、銀色の武器類でいっぱいになった。

「それで全部か」

頬を引くつかせながら問いかけるザウルに、彼の部下は「はい」と頷く。

ギギはリザと、テントの陰で不安げにキリルの様子を窺っていた。

集落の松明の明かりに、ザウルとキリルの姿が浮かび上がっている。

「キリル……」

様子を見守るギギは、キリルが子供のために武器を捨てたことが意外だった。普段の彼なら、まずそんな選択をしない。

子供が危険にさらされようが、真っ先にザウルを捕獲しに行くはずだ。手加減すら面倒になって、首を取ってくる可能性もある。

だが、彼は自分の身が危険にさらされるにもかかわらず、子供のために武器を捨てた。

せめて自分に余力があれば、魔法でザウルたちを身動きが取れない状況にすることができるが、あいにくそこまでの力は残っていない。回復を待つ必要がある。

丸腰になったキリルを見て、ザウルはニヤニヤと嫌な笑みを浮かべた。

「殺せ」

鋭く部下に命令したザウルは、まだ子供の首から刃物をどけていない。ザウルの命を受けた部下は、手にしていた剣を振り上げ、キリルの首に切りかかった。

「キリルッ――――!」

ギギが思わず身を乗り出して叫んだその瞬間、カキーンと甲高い音が響いて、キラリと光る何かが空中に飛んだ。

「お姉様……剣が、折れましたわ……!」

「マジで⁉」

信じられないことに、キリルの首に当たった兵士の剣が真っ二つに折れていた。

兵士はもちろんのこと、ザウルや人質に取られた子供も何が起きたのかわからず、唖然とした表情で折れた剣を見つめる。

(い、今よ……!)

全員が戸惑っている隙を突き、ギギは駆け出した。そのまま、ザウルに抱えられていた少年の腕を取って、その場から逃げる。

「ギギ様っ⁉」

「逃げるわよ！」

少年の手を引き、ギギは全速力でザウルから遠ざかった。人質という足枷さえなければ、キリルは自由に戦えるのだ。

「皆もここから離れて！」

ギギの指示で、テントの中にいた人々が裏口から一斉に逃げていく。ザウルの手の届かない場所へ逃げれば、新たな人質を取られる恐れもない。

「くそっ！　余計なことを！」

ザウルの咆哮が、集落に響く。その怒りの矛先は、自分の邪魔をしたギギに向いた。

「貴様、貴様ぁ！」

大剣を持って、ザウルがギギと少年を追ってくる。凄い執念だ。

魔法をかけられていて、キリルにも痛めつけられているはずなのに、ザウルの勢いは衰えない。最初に呻いて痛がっていたのが嘘のようだ。

彼は今、怒りの力だけで立っていると言っても過言ではない。

「この女ぁ!!」

「キャー！」

大剣を振りかざして迫るザウルに、ギギと少年は揃って悲鳴をあげる。

「お前さえ邪魔しなければ！　許さんっ！　ずっと、憎き義兄の治める東トリサを奪取する日を夢見てきたんだ！　憎い男！　土地の条件は同じだというのに、東トリサだけが発展していく。北トリサの部族長は無能だと言われる！」

そんなことはあってはならないのだと、ザウルは吠えた。

「だから俺は、近隣の弱小部族に攻撃を仕かけては、その土地を併呑したんだ。内政なんて二の次。俺の目的は、東トリサの長よりも領土を増やすことなのだからな！」

征服する土地が多ければ多いほど、自分は力のある長として賞賛されるはず。そう信じて、ザウルは今日まで他の部族の土地を奪い続けたのだろう。

ビエルイに間接的に支配され、自治を許可されただけの北トリサだが、あの国は部族のいざこざに無関心だ。辺境部族側が手を出さなければ干渉してこないことを、ザウルは知っている。

「次男は長である俺の考えに理解を示さず、俺に反抗的な態度ばかり取る！　ついこの間も、敵と組んで反旗を翻した。だから、憎き東トリサの跡取り共々潰してやったのだ」

ザウルはそう言って声高に笑うと、刃を振り下ろす。

けれど、ギギは信じていた。

(絶対にキリルが助けてくれる……！)

その想いどおり、刃がギギに届く前に、ザウルの背中をキリルの足が蹴り飛ばした。

思わぬ不意打ちに前屈みになって倒れたザウルは、勢い良くキリルを振り返る。彼の手にあった剣は地面に転がり、すでに丸腰の状態だ。

キリルはそんなザウルに冷たい一瞥をくれる。

「……お前が俺や他人に手出しする分には問題ない。でもな、ギギに手を出すなら話は別だ」

ザウルは立ち上がり、問答無用でキリルに殴りかかった。

しかし、悶絶したのは殴られたキリルではなくザウルの方だ。キリルは、リザの魔法で体が強化されているため、その体は鋼よりも固いのである。

拳を押さえてしゃがみ込むザウルに、キリルは淡々と告げた。

「観念しろよ、オッサン」

「ぐぬうっ！」

ギギと少年は、身を寄せ合いながら事の成り行きを見守っている。

テントの方では、すでに戦意を喪失したザウルの部下が、東トリサの兵士たちに捕らえられているのが見えた。リザも無事である。

尚も抵抗するザウルに、キリルの蹴りが決まった。地面に倒れ込んだザウルの首に、ナイフが突きつけられる。

「勝負あったな」

キリルは冷淡な目をして、口の端を上げた。

もはや、ザウルに為す術はない。

それを見た東トリサの兵士たちが駆け寄ってくる。

「くそ、放せ！　これで勝ったと思うなよ。俺にはまだ味方がいる……！」

暴れるザウルだが、その表情が徐々に強張っていく。彼の視線の先を見ると、ヴィルカやアルセニーたちが戻ってきていた。

彼らは、北トリサに捕らえられていた沢山の人質を引き連れている。人質の中には、ヴィルカの従兄の妻もいるに違いない。

二人の後ろからは、途中で合流したのであろうシューラが手を振りながら、東トリサ側に寝返った兵士たちと一緒に馬で戻ってきていた。

「くそ、お前ら！　そいつらを早く倒せ！　東トリサの集落を壊滅させろ！」

囚われのザウルは、自分の兵士たちに命令を飛ばすが、誰も動かない。

人質を解放された彼らは、もはやザウルに味方する理由がないのだ。むしろ、彼に対する憎しみの方が強い。

ザウルの完敗だった。

「覚えていろ、必ず殺す！　このままで済むと思うな！」

怨嗟の声をあげ、ザウルは東トリサの兵士たちに引きずられて行く。

「ギギ様、ありがとう！」

少年がギギの腕を抱きしめて、泣きそうな顔で言った。

「どういたしまして、と言いたいところだけれど……お礼はあっちのお兄さんに言ってね。最後まで、よく頑張って偉かったわね」

ギギに優しく頭を撫でられた少年は、素直にキリルにお礼を言う。

「お兄ちゃん、ありがとう！」

「……別に」

キリルは、少年に対していつもどおりの塩対応だった。

その後、少年の家族が駆け寄ってきたので、ギギは彼らに少年を引き渡す。そうして、傍らにいるキリルの方へ体を向けた。

「キリル……」

「何だよ」

「ありがとう、あの子供を守ってくれて。武器まで捨てて……」

「魔法で体が強化されていたし、特に問題ないからザウルの言葉に従っただけだ。それに、ギギが真っ青な顔で子供を見ていたから……」

「えっ？」

あの時、確かにキリルはギギの様子を窺っていた。

今までギギ以外の他人を自発的に助けたことのないキリルにしたら、子供を守ったのはもの凄いことだ。

「ギギが守りたいものを、守ろうと思っただけ」

キリルはそう言うと、ふいっとギギから顔を逸らした。しかしギギには、彼の耳が赤くなっているのが見える。

目の前のキリルの成長ぶりに、目頭が熱くなる。

「ありがとう、キリル。私が大事にしているものを守ってくれて。そして、何よりもあなたが無事で良かった！」

ツンと澄ましたキリルが愛おしくて、ギギは背後から彼を強く抱きしめた。

※

ザウルとの戦いから数日後、東トリサの集落は以前の穏やかさを取り戻していた。テントや周囲の畑などは荒れたままだが、人々には笑顔が戻りつつある。

ギギたちも、まだ捕虜たちのいる集落に残ったままだった。兵士たちの治療を済ませたギギは、集落の中心でリザとテントの修理を手伝っている。

仕事の合間にギギのもとに来ていたヴィルカは、復興を始めた東トリサの景色を見て小さくため息をついた。まだまだすることは山積みだ。

「本当にありがとう。ギギたちがいてくれたから、最小の被害で北トリサを破ることができた。犠牲がないわけではなかったものの、ギギやリザちゃんの魔法で死を免れた兵士は沢山いる」

それは東トリサだけではなく、北トリサにも言えることだった。

戦地ではともかく、この集落ではギギたちが魔法で攻撃したために、北トリサ兵の死者はかなり少なく済んだのだ。

人質が無事救われて寝返った北トリサ兵も多く、その他もキリルの力を目の当たりにして反抗する気は起こしていない。

——約一名を除いて。

「おのれ！　この裏切り者め！」

ヴィルカの父——囚われのザウルは、相変わらず怨嗟の声をあげている。

「絶対に復讐してやるからな！」

だが、彼の声に耳を貸す者はいなかった。

今まで彼のパワハラに苦しめられた兵士たちの大半は、ここぞとばかりに距離を置いている。驚くべき変わり身の早さだ。

(ちゃっかりしているわね)

ヴィルカを裏切った従兄は捕虜として囚われながらも、人質だった妻との再会を果たした。

捕虜たちの腹痛やぎっくり腰は、ギギの魔法が解けて回復しつつある。

「……キリルの無双も凄いけれど、ギギの魔法もヤバイよねぇ」

何気なくヴィルカが言った言葉に、ギギは首を傾げた。

「どういうこと？」

「ギギのように攻撃系じゃない魔法は、王家の中で軽んじられているみたいだけれど、あの魔法はある意味、攻撃魔法よりも厄介だと思うよ。敵を体調不良に陥れるギギの魔法は、ちょっとした……いや、最凶の兵器だ。リザちゃんの防御魔法だって、普通の人間を兵器に仕立てる恐ろしい魔法だよ」

「そんな大げさじゃ……」

「そんなことない。ギギたちを馬鹿にして放置しているビエルイ王家は、はっきり言って阿呆だ。俺ならそんなことはしない。さらに、君にはキリルという龍族がついている」

「キリルが人並み外れて強いと言うことには、同感だわ。彼は一人でもかなりの戦力になるものね」

ギギの意見に、ヴィルカは「わかっていないなぁ」と肩を竦めた。

「それから、ギギの聖女のような振る舞いのおかげで、北トリサ側にも君に心酔する者が沢山現れているよ」

近くで作業をしていたリザが、「ああ。お姉様は、また信者を増やして……」と苦笑いを浮かべる。

「ギギはいつもああやって仲間を増やしているのか。無自覚みたいだけど、君の信者の数は凄いことになっていそうだな」

ヴィルカの言葉に、リザが激しく同意した。

「そうですわね。キリルはわかりやすくお姉様に惚れていますし、シューラや他の使用人たちもお姉様を崇拝していますわ。彼らいわく、王宮の外にもお姉様を信仰する者たちが大勢いるようです。お姉様はお人好しですし、優しいですからねえ……子供には特に」

リザがつらつらと述べるが、ギギには言いすぎのように思える。彼らとは普通に仲が良いだけだ。

「ギギは無自覚だけど、俺以上に強力な力を手にしているよ」

意味深な笑みを浮かべるヴィルカに、納得のいかないギギは一人頬を膨らませるのだった。

※

戦後の処理もそこそこに、ギギたちはビエルイ国内にある別荘へ戻ってきた。

穏やかな時が戻り、辺境に行っていた者たちは一時の休息を得る。

辺境のことは、ヴィルカやアルセニーが上手くやるだろう。将来のためにも、ギギたちは長居すべきではない。

「ギギ、やっと二人きりだな」

別荘のベランダで一人休んでいると、後ろから歩いてきたキリルがふわりとギギを抱きしめた。

以前にも増してスキンシップ過多だ。

元刺客、現護衛である彼は、近づいてくる時、まったく気配がない。

普段は冷めているキリルの瞳に熱が宿り、瞳孔の形が変化し始める。

彼の好意がだだ漏れになっているのを見たギギは、どうして良いのかわからず俯いた。しかし、下から伸びてきた手がギギの顎を捕らえ、やんわりと上に向ける。されるがままになっていると、控えめなキスが降ってきた。

「……少し疲れたな」

唇を離したキリルが、そっと息をはきながら囁く。

辺境であれだけ活躍したのだ。戦争終結の立役者であるキリルが疲れるのはもっともである。

「お疲れ様。いつもありがとう、キリル」

「ギギのためでなければするか、あんな面倒なこと」

相変わらずのキリルの発言に、ギギはクスリと笑みを漏らす。

「嬉しいわ」

「だったら、それに見合った褒美が欲しい」

色気を含んだ笑みを返され、ギギはたじろいだ。彼の望む「褒美」がろくなものではないのは明白である。

「……あ、うん。そうね」

けれど、確かに、今回頑張ってくれたキリルや他の皆には報酬が必要である。金銭がいいか、ものがいいか考えていると、キリルが不満そうにギギの頬をつまんだ。

「ギギ。俺がいるのに、まったく違うことを考え始めているだろ」

「違うわよ？　あなたたちの報酬についてだもの」

反論するギギに、キリルは呆れたように「予想どおりだ」などと失礼なことを言って、さらに距離を詰めてきた。体が密着し、壁際に追いつめられたギギの心臓は、今にも爆発しそうなほど高鳴っている。

自分の鼓動がキリルに伝わっているかもしれないと思うと、恥ずかしさでどうにかなってしまいそうだ。

「キリル、身動きが取れないんですけど？」

照れ隠しでそう告げると、小さく笑ったキリルが背に回した腕の力を強めた。

「ああ。褒美が欲しいから、こうしているんだ」

「話も噛み合っていないんですけど？」

「あんたが鈍いから悪い。いや、鈍いわけではないのに、なかなか素直にならないから……だな」

「そんな……」

戸惑うギギを、キリルは横向きでひょいと抱き上げた。

「心配しなくても、俺は全部わかってる。ほら、行くぞ」

「……って、どこへ!?　どこへ行く気なの!?」

「もちろん、俺の部屋だ」

「何故に!?」

「……野暮なことを聞くなよ」

答える間にも、ギギはどんどん運ばれていく。キリルの部屋……にある彼のベッドへ。

「ちょっと待って⁉　何で、こんなことに……⁉」

「俺のことは、嫌いじゃないんだろう？　むしろ好きなはずだ」

自信満々の様子が憎らしいが、キリルの言うとおりだ。

一緒にすごす時間が長くなればなるほど、ギギはキリルに惹かれていく。身分や精神的な年の差など関係なしに。

だからこそ、苦しい。苦しくてたまらない。

どれだけキリルを望んでも、ギギがビエルイの王女である限り、彼との未来が手に入ることなどないのだ。

「私は王女なのよ。こんなことが許されると思っているの……？」

苦しげに顔を歪めるギギの頬を、キリルの大きな手がそっと包んだ。

「だからこそ、今こうするんだ」

「言っている意味がわからないわ」

キリルはいつになく、穏やかな表情を見せている。

「今はわからなくていい。このまま、俺が手をこまねいていると思ったら大間違いだ……ギギは絶対に誰にも渡さない」

「めちゃくちゃなことを言わないでよ。私は……っ⁉」

口答えをしている最中に、強引に唇を奪われたギギは、そのまま後ろに押し倒された。

龍族の目になったキリルが、じっとギギを見つめている。

（——拒（こば）めない）

キリルへの想いを告白してからも、彼にどうしようもなく惹（ひ）かれてしまう自分を必死に押し留めてきた。

しかしキリルは、そんなギギの思いをいつも易々と飛びこえ、心の中に入ってくる。

（胸が苦しい。揺（ゆ）らいじゃ駄目なのに……）

自分には責任がある。ビエルイの王女として国のために結婚する義務が。

キリルを子供扱いし、彼に素っ気ない対応をすることで……彼から逃げることで、王女としての責任を果たしているつもりになっていた。

（あんな態度を取っていたのは、結局全部、私の自己満足だ。無責任な態度ばかり取って、本心からキリルに向き合ってこなかった）

でもキリルは、ずっと自分を追いかけ続けてくれた。

（図々（ずうずう）しくて、無駄に偉（えら）そうで、そのくせ妙なところで私に甘える可愛い子……いいえ、もう大人だわ）

自分と結ばれれば、当然キリルも国王に裁かれる。聡（さと）い彼がその事実に気づいていないわけがない。

しかし、それでもキリルはギギとの未来を切望してくれる。彼はとっくの昔にその覚悟を決めていたのだ。

「何も気にしなくていい。あんたが心配しているようなことは起こらないから」

安心させるように囁くキリルに向き合い、ギギは顔を上げて彼を見つめる。

「キリル、あのね」

黙って彼の手を取り、ぎゅっとその手を握り込んだ。

言うべき言葉は、もう決めている。

ようやくギギは、覚悟したのだ。自分の進むべき道を逸れ、それに伴う罪を背負い続け――キリルと共に生きる覚悟を。

「……私も、大好きなあなたと共に生きたい。キリルを好きになったからには、その道を貫いてみせる。王女のくせに責任放棄していると責められても、邪魔されてもね。そして、そうなったからには、あなたに累が及ばないよう全力で守るわ」

自分の意志を伝えると、キリルの顔がバラのように赤く染まった。瞳を潤ませた彼は、さっと紫色の瞳を逸らす。

「――っ!!　ギギ、あんたのそういうところがっ」

モゴモゴと俯くキリルは大人になってもやっぱり可愛く、ギギの庇護欲をかき立てる。

彼はいくつになっても愛おしい、ギギの大切な男性なのだ。

※

翌朝、目を覚ましたギギは、身を起こそうとして失敗した。

隣で目を瞑ったままのキリルが、ギギを抱きしめているからだ。

（……本当に眠っているのかしら？）

キリルは他人の気配に敏感だ。

起き上がろうとギギが体を動かしたのに、気づいていないなんてことが果たしてあるのだろうか。

気品を感じさせる端麗な容貌はまるで芸術品のようで、じっと観察していても飽きることはない。

「――でも、タヌキ寝入りよね？」

そっと耳元で話しかけると、キリルの眉がピクリと動いた。

「あら、やっぱり……」

小さく笑い声を立てれば、銀色の睫毛に縁取られた紫色の瞳がそっと覗く。

「おはよう、キリル。いつから起きていたの？」

「何だ、バレていたか。ギギが目覚めるより随分前だ。ずっとあんたの寝顔を堪能していた」

「なっ……！」

恥ずかしさに頬を火照らせると、キリルは意地の悪い笑みを浮かべた。ギギにしか見せない、特別な表情だ。

「私の寝顔なんて見ても面白くないわよ？」

「いいや、俺にとっては面白い。ずっと眺めていられる」

昨日寝落ちしてしまったことが悔やまれる。きっとガッツリ寝顔を見られていたはずだ。

「〜っ！　もうっ！」

ギギはボフッと布団を被り、目だけを出してキリルに抗議した。

「そんな可愛い反応をされると、理性が飛びそうになるんだが……良いのか？」

早くもキリルの瞳孔は細まり始めている。彼の手がギギの首筋に伸びた。

「駄目に決まっているでしょ！」

「……今のは、ギギが悪い」

色気を含んだ声で囁かれ、冷静に物事を考えられなくなる。

(駄目だわ、私……どんどんキリルに甘くなってる)

そんなこんなで、二人は昼すぎまで部屋から出られなかったのだった。

※

「もうっ！　お姉様ったら、寝坊するんだから！」

やっとキリルから解放されて身支度を整えたギギは、昼食の席でリザに小言を食らってしまった。

仕方がなかったとはいえ、ここは素直に謝っておく。

「……うん、ごめんね、リザちゃん……」

午前中の様々な出来事が思い浮かび、大変気まずい。

「お母様がそっとしておいてあげてと言っていたから、呼びに行かなかったのです。朝ご飯を食べに来ないので心配したんですのよ？」

リザはそう言って眉をひそめた。

母ポリーナには、自分たちが何をしていたのかバレているのかもしれない。他の者たちは……読めなかった。

リザ以外の面々から向けられる視線が生温(なまぬる)い気がして、どうにも居心地が悪い。

（こ、こんな時は、畑仕事よね！）

昼食後、ギギは逃げるように別荘の外へ飛び出した。

別荘の裏庭に使用人の青年が作った畑がある。

別荘では食べ物が用意されているので食糧難ではないけれど、ここの者たちは以前の暮らしが抜けきっていないので、畑があると安心するのだ。

まだ小さな畑だが、使用人の青年が徐々に面積を拡大しており、すでに数種類の作物が植わっていた。

ギギはまだ耕(たがや)されていない土地に鍬(くわ)を振るっていく。

（雑念よ、消えてちょうだい）

しばらく働いていると、建物の窓の一つに畑担当の青年と料理担当の少女が見えた。仲睦(なかむつ)まじそうに笑顔で話している二人は、良い雰囲気である。

静かに見守っていると、彼らはギギが見ているとは知らずに口づけを始めた。

（ひゃあ！）

ギギは反射的に、鍬(くわ)を持ってその場を退散する。

（あの二人って、そんな仲だったのね。小さい時から一緒だったけれど、まったく気がつかなかったわ！）

一人あたふたしながら森へ逃げようとしていたギギに、横から声がかかる。

「ギギ様、何をしていらっしゃるのですか？」

「うわぁっ！」

ドキリとして横を向くと、不思議そうな顔をしたシューラが立っていた。ギギは息を整えて彼を見上げる。

「シューラ、どうしたの？」

「至急、ギギ様にお知らせしたいことがありまして」

「そ、そうなのね」

落ち着かない様子のギギを見て、シューラは建物の方へ目を向ける。

「……ああ、あの二人ですか」

特に驚いていないところから察するに、彼は以前からその関係を知っていたようだ。

「私、ずっと彼らを見守っていたのに、全然知らなかったわ」

「離宮の者たちは、ギギ様とリザ様以外、ほぼ気づいていますけどね。ちなみに、最初にあの二人の関係を言い当てたのは、ポリーナ様です」

「お母様ー！」

いつもはおっとりしているポリーナだが、そんなところにだけ勘が働くらしい。

(油断できないわね)

気を取り直したギギは、シューラに視線を戻した。

「そういえば、話って何かしら」

彼はやや言いづらそうにしながら、ギギに一通の手紙を渡す。

「国王陛下から、ギギ様とリザ様に呼び出しです」

「……え」

きっと、東トリサと北トリサの件にギギたちが首を突っ込んだことを、国王が知ってしまったのだろう。

(仕方ない。行くしかないわ)

焼け落ちた後宮再建設も、最終段階まで進んできている。どのみち、もうすぐ城に戻される予定だった。

(キリルとの件も、きっちり決着をつけなきゃだし。やることが多いわ)

国王の呼び出しを無視するわけにはいかないと、ギギは仕方なく王宮へ向かうことにした。


王都は以前と変わりなく賑(にぎ)わっているが、ここ数年のビエルイには大きな発展がない。良くも悪くも変わらない風景だ。

もうじき国王が代わり、王位には正妃の息子の第一王子が就(つ)く予定である。これでビエルイは、宰相一家の独裁状態に入るだろう。

そうなると、ギギたち離宮メンバーの身も危ない。

可能なら、ギギはリザをアルセニーへ嫁がせ、母ポリーナを彼女に同行させたいと思っている。

辺境部族との婚姻なら、おそらく許可が下りると踏んでいた。そんなものは、身内間の争いに忙しい王妃たちの脅威にならないからだ。むしろ、遠くに追い出せると歓迎されるだろう。

シューラや他の子供たちにも、新たな就職先の斡旋を始めている。ここで就職する気がないなら、リザたちについて行く道もある。

そしてギギはキリルと、王が代わるタイミングで、どさくさに紛れビエルイを脱出し離れた場所で暮らせないかと模索していた。

壮麗な王宮に足を踏み入れた瞬間、何とも重苦しい空気に包まれ、ギギたちは離宮や別荘での暮らしを思い出した。

つい先日までのびのびとすごしていたのが遠い夢のようだ。

一緒についてきたポリーナたちを客室に待機させ、ギギとリザは王との謁見室へ足を踏み入れる。

久しぶりの再会だというのに、王は無表情だった。

ギギたちも王に親しみなど感じていないので、通例どおり臣下の礼をとる。

「久しいな、二人とも。頭を上げよ」

国王は重々しい声で告げ、玉座からギギとリザを見下ろす。

「辺境部族間の戦いに関与したそうだな。手出し無用だと伝えていたはずだが……？」

ギギとリザの顔に緊張が走る。

父王の威厳にさらされた二人は、圧倒されつつも言葉を紡いだ。

「申し訳ありません。しかしお伝えしたとおり、今回の騒ぎを起こした北トリサ族長のザウルは、東トリサを手中に入れ、ゆくゆくはビエルイに侵攻しようと企んでいたようです。争いを好むザウルを野放しにしておけば、私たちが滞在していた別荘からほど近い辺境の伯爵領が脅威にさらされ、危ないと判断しました。ですが、父上の判断を仰がず戦に加わったことは深く反省しております」

あらかじめ決めていた言い訳をし、ギギはしおらしい態度で情状酌量を引き出そうとする。

国王はそんなギギを見てしばし沈黙し、長いひげを撫でた。しばらくして、ようやく口を開く。

「ところでギギ。そなたも成人し、美しく育ったようだ」

「……はぁ」

このオッサンはいきなり何を言い出すのかと、ギギたちは拍子抜けする。

そんな二人を国王は興味深そうに見て言った。

「そなたが勝手な行動をしたのは誠に度し難い。しかし此度のそなたの活躍により、東トリサとは今後、今以上に友好的な関係を築けそうだ。そのため、今回そなたに東トリサへ嫁いでもらうことにした。相手は、東トリサ次期族長のアルセニー・ソーカルだ。これで部族間の争いに関わった責任を取ってもらおう。今後は小部族とビエルイの架け橋として努めよ。辺境部族は無視できない存在になっている。交易を含め、ビエルイにとって有益な相手だ」

ギギより先に、リザが「そんな……！」と声をあげた。彼女はアルセニーを愛しているのだ。そして、アルセニーの方もリザを好ましく思っている。

「陛下、嫁ぐなら私が行きますわ！」

リザが訴えるが、国王は取りつく島もない。

「ならん。そなたはまだ成人しておらぬ……それに、こういう話は年上から決まるものだ」

「……っ！」

国王の頑とした態度から察するに、これは側近らとの事前の話し合いですでに決定されたことなのだろう。基本的に、ビエルイの王は自分だけで物事を判断しないのだ。

家臣たちと共に判断し、王から下された命令に王女が異を唱えることなどできるはずもなかった。

「リザちゃん、この場は一旦引き下がるわよ」

「でも、お姉様……！」

「今、国王陛下に楯ついてもどうにもならない。他の方法を実行しましょう」

ギギは小声でリザを説得し、謁見室を出た。

（とはいえ、どうしましょう）

どのみち、ギギたちは国王が交代する前に国外へ出るつもりだが、アルセニーたちの迷惑にはなりたくない。

だから、脱走して姿をくらますという形は取れなくなった。

「私がいなくなれば、リザちゃんにお鉢が回ってくるかしら……」

「何てことを言うんですか！　お姉様に何かあったら大変ですわ」

二人で話し合っていると、前方から険しい顔をしたキリルとシューラがやって来る。彼らはポリーナと共に客室に待機していたはずだ。

「ギギ様。良くない知らせがあります」

「どうしたの？」

「東トリサに捕えられていたザウルが、監視の目を盗んで数人の部下と共に逃げ出したようです。先ほど東トリサから伝令が来ました。奴は、自分の計画を邪魔したギギ様やキリルに大変な恨みを抱いている。あなた方に復讐するなどと物騒な言葉を呟いていたらしいです。今後、危害をくわえてくる可能性があります」

東トリサの手伝いをした時から自分の魔法が公になることは覚悟していたけれど、逆恨みされるのは困ったことだ。

以降は、力を使うことを控えた方が良さそうである。

「心配しなくても、ギギ様の魔法が広く知られているのは東トリサのみで、ビエルイ王都ではあなたの力は蛮族が大げさに広めた眉唾ものだとされています。他人の体調を崩す魔法なんて、ビエルイでは前代未聞の力ですからね」

実は先ほど王との謁見で、自分たち姉妹の魔法について言及されるのではないかと構えていたのだ。何も言われず疑問だったのだが、そういう話になっていたのかとギギはほっと息をついた。

「それは良かったわ」

「引き続き、僕は警戒に当たっていますね」

「ええ、よろしく」

シューラが報告を終えたところで、キリルが口を挟む。

「ところで、王からの話は何だったんだ?」

「それが、東トリサに嫁ぐよう言われたの。でも、リザちゃんを差し置いてそんなことはできないわ」

愛し合うリザとアルセニーの間にギギの入り込む隙などないし、大事な妹の恋路を邪魔したくない。

キリルは難しい顔で考え込んでいる。今回の国王の命令に背くのが難しいことは、彼もわかっているのだろう。

これといった手立てもないまま、ギギの婚約は国王によって正式にビエルイ国内に発表された。

異を唱える者は、誰もいない。

※

ギギとアルセニーの婚約が発表されてからしばらくして、キリルと部屋にいたギギのもとに、シューラが新しい情報を持ってきた。

後宮はまだ完成していないので、今のギギは王宮内の一室を借りて生活している。

「大変です、ギギ様。辺境だけでなく国内でも、ザウルの目撃情報が複数ありました。奴は国境近辺を寝ぐらにしている賊を味方につけているようで、脱走した時の人数よりかなり増えていたそうです」

「……何を企んでいるのかしら」

「東トリサから追っ手を出しているのですが、ザウルは上手く逃げ回っているようですね」

シューラは地図を取り出し、ザウルが目撃された地点を指差していく。

「あら……」

それを見たギギは、あることに気がついた。

「ここも、こちらも、私が東トリサに輿入れする時に通る場所だわ。輿入れの際は近くの領主の館へ順に寄るから、必然的にこのルートを通過することになるの」

ビエルイでは、王女の輿入れの際に通り道にある領主の館を訪問して回るという、変わったしきたりがある。顔を出すことで、王家と貴族の双方の絆を深めるという意味合いがあるらしい。

キリルは先ほどから氷のように冷たい表情をしている。

「あいつ、俺たちに復讐するなんてほざいていたよな……」

彼の言葉に、長い髪を後ろに払ったシューラが頷いた。

「もしかすると、輿入れするギギ様を襲う気かもしれませんね。国王陛下に情報を伝えてルートの変更を検討してもらいましょう」

シューラはそう言うけれど、ギギはザウルの目撃情報程度で国王が動くとは思えなかった。彼なら、領主への挨拶回りを優先させるだろう。

「ルート変更が認められなかった場合、ザウルを打ち破らなければならないかもしれないわ。でも、嫁ぐのが私で良かったわね。リザちゃんが襲われることはないのだから」

ギギは自分を鼓舞するために明るく口にする。

しかし、不安な気持ちが顔に出ていたのだろう、キリルがギギを抱き寄せて安心させるように言った。

「ザウルが何人いても、俺の敵じゃない。返り討ちにすればいいだけだ」

「でも……」

「ギギと俺が揃っていて、向こうの情報も漏れているんだ。ザウルに勝ち目はない」

しばらくして、国王から「輿入れの行程は変更しない」との連絡があった。

つまり予定どおり、決まった領主の家を回り、東トリサに赴かなければならない。

しかも、護衛のキリルやメイドのシューラの同行は禁じられた。辺境までは、国王の息のかかった部下たちだけでギギを送り届けることになる。

ギギの部屋の中では、今日もキリルとシューラが言い争いをしていた。ギギは彼らを止めているのだが、言い合いは収まらない。

「これは、キリルの自業自得ですね。普段からギギ様にベタベタしていたせいで、輿入れの同行者から外されたのでしょう。アルセニー様の前でいつもの調子を発揮されたら、目も当てられませんものね」

「お前だって外されているじゃないか」

中央にあるテーブルを挟んで、キリルとシューラが睨み合っている。

「僕は違います。ギギ様に同行したいと言い張るメイドが後を絶たなかったので、全員却下されただけです」

双方が引かないので、ギギはまた二人を止める羽目になった。

憮然（ぶぜん）とした態度のキリルは、ため息をつきつつ呟く。

「ともかく、一緒に行けないのなら他の方法を探さなければな。国王の用意する腑（ふ）抜けた護衛がギギを守れるとも思えない。アルセニーに援軍を借りるか」

「同感ですね。さっそく計画を立てましょう。東トリサに連絡する必要がありそうです」

いつもこういう時だけは団結する二人。ギギは嬉しいやら悲しいやらで、微妙な笑みを浮かべるのだった。

※

さっさと厄介（やっかい）の種を処理したかったのだろう。国王は早急に手を打ち、二ヶ月もしないうちにギギは東トリサへ送られることになった。王女の輿（こし）入れにしては異例の早さである。

第十九王女の輿（こし）入れは、少人数で粛々（しゅくしゅく）と行われた。

「じゃあ、行ってくるわね」

花嫁衣装に身を包み、最低限の準備を整えたギギは王家の黒い馬車に乗る。

陰鬱（いんうつ）な空は全てを呑み込みそうな程暗く濁（にご）っており、僅（わず）かに雨の気配がした。

でも、ギギにとってそんなことは関係ない。この輿入れで全てが決まるのだ。

隊列には専属の護衛もおらず、使用人も同行しない。キリルやシューラもいない。皆、王の命令により、同行を禁じられているためだ。

ぎりぎりまでキリルとシューラと共に対ザウル作戦を決行する予定だったが、それは二人が同行するという前提で立てていたものだった。同行できないとわかった後、二人は代替案を考えるから心配するなとギギに言ったきりだ。ギギ一人で道中いつ現れるともわからぬザウルと相対しなければならない。

ただ、母ポリーナたっての願いで、彼女だけが辺境まで見送りに出ることを許可された。

「お姉様、お気をつけて」

妹のリザが、心配そうにギギの顔を覗き込む。

「大丈夫よ、リザちゃん。全部上手く行くわ」

一人王宮に残る妹を案じながら、ギギはリザに手を振った。

国王も正妃も遠くからギギの門出を眺めているだけで、攻撃魔法の使えない出来損ないの第十九王女には声すらかけない。

見送りに来てくれたのは、ギギとリザが気にかけている使用人や兵士たち。それから、孤児院の者たちだ。近くに寄ることはできないが、城門の外でギギの馬車が通るのを待っている。

王都を出た馬車は城下町を抜け、悪路を進み、人のいない田舎道を走り続ける。

馬車の速度は遅く、辺境に辿り着くまでに数日は要するだろう。

その間、各領主の館に宿泊しながら進むのだが、どの領主も儀礼的にギギを出迎え、そして見送るだけだった。

ただ、道中で立ち寄った領主たちの家で、ギギにゆかりのある子供たちが大きく成長した姿で見送ってくれた。

彼らは、様々な噂を聞かせてくれたりもする。

「そういえばギギ様。東トリサの牢屋から、北トリサの長が脱走したらしいですよ」

「そうみたいね。大変だわ」

「まだ捕まっていないようです。ギギ様は先の戦でも北トリサの長を捕えるのに尽力されたと聞き及んでおりますので、お気をつけください」

「そうね、私個人を逆恨みしている可能性もあるでしょうし、ヴィルカやアルセニーたちへの報復として、ビエルイの王女を襲うということも考えられるわ。重々気をつけるわね。心配してくれてありがとう」

子供たちに手を振り、ギギたちはいよいよ国境へ向けて動き出した。

最後に寄る領主の館——辺境の伯爵領を無事通過し東トリサの草原地帯に入ると、馬車での移動が困難となる。

事前に聞いていたザウルの行動から、いずれかの領主邸に滞在している時に襲われるのではと予想していた。そのため、ここまですんなり来られてやや肩透かしを食らった気分だ。

ギギは国王が派遣した兵士たちから、東トリサの兵士に引き渡され、彼らの操る馬に乗る。

（うーん、それにしても……）

馬上で豪奢なドレスは、邪魔なことこの上ない。ギギを乗せた東トリサの兵士も、馬の扱いに苦労している。

「ごめんなさいね。ビエルイは体裁を大事にしていて……ドレスも無駄が多いのよ」

「いいえ、お気になさらず。色々と伺っておりますよ」

意味深に笑った兵士たちは、穏やかなムードで草原を進む。ポリーナも久しぶりの遠出でご機嫌だ。

朝日に照らされた草花が、サワサワと風を受けて揺れる。

しばらく草原を進むと、アルセニーが兵士たちを大勢待機させているのが見えた。無事に合流することができてギギはホッとする。

「ギギ様、この度はありがとうございます。北トリサとの戦いの件も含め、あなたには感謝してもしきれません」

「いいのよ。全て私が望んでやっていることだわ」

しかし、東トリサまであと少しというところで、ふいに複数の蹄の音が聞こえてきた。

（――来た！）

草原の向こうから、徐々に威圧的な黒い影が近づいてくる。馬上の男が、聞き覚えのある野太い声を発した。

「ギギ王女のいる隊列だな！　馬鹿め！　少人数でのこのこと、襲ってくれと言っているようなものだ！」

声の主は、先日脱獄したザウルと、最後まで彼に忠誠を誓った部下たち、そして彼らがかき集めた近辺に住まう賊だった。

（やっぱり……輿入れを狙って動いたわね）

気を引きしめたギギは、さっそく魔法の準備をする。

追いつめられたこの男は、ギギやキリル、アルセニーたちへの恨みと自身のメンツのためだけに、花嫁衣装を着た王女を襲って殺害する気だ。

そして花嫁を奪われた東トリサに大恥をかかせる算段なのである。

こんな男に利用されてやる気はさらさらないし、手加減する必要はない。

ザウルは憎悪に染まる目をギラギラとさせ、哄笑した。

「まったく馬鹿な王女様だ。アルセニーの手に渡る前に俺が可愛がってやろうか？」

あれだけ痛い目に遭わされたというのに、ザウルはギギをなめてかかっているようで、何も考えずに強気で突進してくる。

「馬鹿はあなたよ。私のところへ来ずに逃げていれば、これから大変な目に遭わずに済んだのに」

ザウルが来ると知っていて、ギギたちは警戒していたのだ。そのために、東トリサの兵士も沢山用意している。

しかし、そんなことを知らないザウルは上機嫌だ。彼は脱走の際に一緒に逃げた部下を含め、大勢の兵を引き連れている。そのことで気が大きくなっているのか、勝利を確信したとばかりの表情である。

そんなザウルの視線が、ふいにギギを通り越してポリーナの方を向いた。

「ぬうっ⁉」

大きな声で呻いたザウルは、すぐにニヤニヤと何かを企み始めている。ギギは嫌な予感がした。

下っ端でも王妃であるポリーナは、王の目にとまるくらい美しい。ザウルが興味を持った可能性がある。何せ、妻が何人もいる男だ。

「お母様を遠くへ避難させて」

ギギは指示を出すが、ザウルが動き出す方が早かった。彼は部下たちと共にポリーナめがけて馬を走らせる。予想外の敵の動きに、こちらの隊列が僅かに乱れた。

もともと、ギギを守るための位置で兵士たちは配備されていたのだ。ポリーナの守りは、ギギに比べて若干手薄だった。

「母娘共々、可愛がってやる！　大人しくこちらの手に渡れ！」

「さ、させないわ！」

ギギは慌てて、ザウルたちに向けて魔法を発動させた。

だが、ここまで来て引き下がるザウルではない。今度は凄まじい形相でギギに向かって方向転換した。苦しさに血走った目で、顔にはじっとり脂汗を浮かべている。けれど、彼は止まらない。

「このっ、クソ女、今何かしただろ！　調子に乗りやがって！」

からくりはわかっていないようだが、意外にザウルは鋭い。

唾を飛ばして叫びながら猛進する様子は、正視に堪(た)えない。

怒りのままに馬から下りて剣を引き抜く彼は、もはや我を忘れている。

「俺に刃向かう奴は殺してやる！　今すぐに！」

ザウル捕縛(ほばく)用の兵士はもちろん、護衛の兵士や制止する味方兵士まで蹴散らしたザウルは、ギギに迫りくる。

「キャアッ！」

前回でギギの魔法による苦しみに慣れてしまったのか、後がないからなのか、ザウルの攻撃は強力だ。ギギを守るべく立ち塞(ふさ)がる兵士を、次々になぎ倒していく。

（これだけの人数を相手に、強い……）

死人はいないようだが、皆吹っ飛ばされた先の地面で腰や背中をしたたかに打ちつけ、すぐに立ち上がれそうにない。

魔法により相手を体調不良に陥(おとしい)れることはできるものの、ギギは戦闘方面がさっぱりなのである。

母ポリーナの周りに敵の賊(ぞく)たちが向かっている。彼女を捕まえ、連れ去るつもりだ。

頭が真っ白になったギギは、全速力でそちらに駆(か)け出した。

「お母様に手を出さないで！」

敵の前に出たギギは、ポリーナを庇(かば)うように彼女に覆(おお)い被さる。そこにザウルも追いついた。

「一息では殺さない！　苦しみながら死ね！」

再び馬上に戻ったザウルは、ギギを馬で踏み殺す気らしい。迫りくる一撃を覚悟したギギは、ぎゅっと目を閉じる。

しかし――

「ぬうぁああっ!?」

突然悲鳴をあげたザウルはバランスを崩し、勢い良く落馬した。いつの間にか背後に迫った人物が、後方からザウルの馬に飛び乗り、彼を地面に蹴落としたのである。

「まったく。その汚い面をギギに近づけるな」

顔を上げたその人物の紫色の瞳は、瞳孔が縦に裂けていた。

「キリル……!?」

「ギギ、遅くなってすまない。追いつくのに時間がかかってしまった」

馬上を見上げたザウルが、驚愕の声をあげる。

「なっ!? お前はあの時のっ!」

「……やかましい、踏むぞ下衆が」

絶対零度の視線でザウルを射貫いたキリルが合図を送ると、北トリサの兵士までもがザウルの捕獲に動き出した。

「や、やめろ! お前ら、俺を裏切る気か!?」

ザウルの問いに、いつの間にか北トリサの兵士に紛れていたシューラが答える。

「ここにいる方たちは、あなたを売れば罪が軽減されるという条件に、あっさり乗ってくださいましたよ。人望ありませんね?」

シューラいわく、彼は事前にザウル軍に潜入し、北トリサ兵や賊を懐柔していたらしい。具体的に何をしたのか、真っ黒な笑みをたたえるシューラに尋ねる勇気は、ギギにはない。

「おのれ！　こんなことをして、ただで済むと思っているのか⁉」

「脅しはもう効きません。孤立無援のあなたは無力だ。せめて、ギギ様の千分の一ほどでも人望があれば良かったですね」

シューラの言葉が終わると同時に、キリルが無遠慮に馬でザウルを踏みつける。

「キリル！　そんなことをしたら死んじゃうから！　ちゃんと裁きを受けさせる必要があるから！」

「平気だ、ギギ。ちゃんと加減している」

しかし、彼の目は完全に据わっていた。キリルからは、どす黒いオーラが立ち上っており、もはや誰にも彼を止めることはできなそうである。

そうして一時は逃亡に成功したザウルだが、あっさりとギギたちと東トリサ族の手に落ちてしまったのだった。

※

広い草原の中で、一仕事を終えたギギたちは座って休憩していた。時刻はまだ昼で、太陽は高い場所から地面を照らしている。

「キリル、シューラ、ありがとう。でも、どうしてここに？」

花嫁として出発する前、ギギはキリルやシューラと作戦を立てていた。だが、護衛の同行が禁止され、彼らとは一緒に来ることができなかったため、とりあえずギギは東トリサの協力を仰ぎ、ザウルを仕留めるつもりだったのだ。

「俺がギギを一人で行かせるわけがないだろ！　いくら東トリサの援軍が大勢いたとしても、任せきりにはできない。事実、このザマだしな」

「そうですよ、ギギ様。僕らが作戦だけ立て、あなたを一人で送り出したと思われるなんて心外です。そんな無謀な真似はしません！」

二人の勢いに押されて、ギギはコクコクと頷いた。

それに満足したのか、キリルとシューラはひとまず口を閉じる。

すると、キリルが縄でぐるぐる巻きにされ地面に横たわっているザウルを指差して、シューラに言った。

「このザウルという男は使えるな。これで、ギギを自由にすることができる」

キリルの意図するところがわからずぽかんと口を開けるギギの傍で、シューラは得心が行ったように首を縦に振る。

「そうですね。せっかくギギ様を襲ってきたのだから、彼に『第十九王女殺害』の罪をなすりつけてしまいましょう」

キリルたちの考えるシナリオはこうだ。

ギギとポリーナが道中でザウルに襲われ、戦いに巻き込まれて死んでしまう。そうして、ギギの代わりにアルセニーにリザを嫁がせ、彼女の花嫁の隊列に長年面倒を見ていた使用人などの離宮メンバーを同行させる……ということだった。

ポリーナはこっそりと東トリサに残し、ギギはしばらく離れた場所に移り住んで、ビエルイ側がこの件に興味をなくした頃に東トリサに戻ってくる予定。

潜伏場所には北トリサの地が良いということだった。

ギギを殺害したことにより、ビエルイが北トリサに侵攻する可能性も考えられる。しかし、ザウルを差し出すのにくわえ、ビエルイに有益な交易案を提示すれば、戦争を始めたりはしないだろう。

今は宰相や正妃の力が強いので、面倒な王女の捜索なんてすぐに打ち切られるに違いない。彼らはギギを心底侮っており、図太く生き延びているとは考えないと思う。

リザを辺境へ飛ばし、ポリーナやギギもいなくなり、さぞ清々するだろう。

自分を守ってくれたアルセニーや東トリサ兵たちにお礼を言い、ギギはそのまま北トリサの中心部に向かうことにする。シューラがヴィルカへ連絡してくれるようだ。

「何だか、まだ実感が湧かないわね」

花嫁衣装から目立たない服装に着替え、今後は王女とは別人として生きていく。

これから数日間、ギギとキリルは北トリサへ向けて草原を進んで行く予定だ。ギギとポリーナが死んだという嘘の報告は、東トリサの兵を通して国王にするつもりである。シューラは、リザの輿入れの手配をすべく、不本意ながらも王都へ戻った。

東トリサの兵士たちも、ザウルたちを連行しながらアルセニーと共に街へ帰っていく。

「本当にいいのですか？　あなた方をお送りしなくて……」

不安げに問いかけてくるアルセニーに、キリルが告げる。

「構わない。俺たち二人の強さは知っているだろう？　気を遣って二人きりにしてくれるとありがたいんだが？」

「そういうことなら」

納得したアルセニーが兵を引き連れて去り、ギギとキリルは広い草原の中で二人きりになる。

ずっとあり得ないと思っていた自由が、あっさりと転がり込んできて、ギギは何とも言えない気持ちになった。

(私、もう王女じゃないんだ)

完全に自由なのだ。

義務を放棄したという罪悪感は大きいけれど、重く苦しい責任感から解放された清々しさもある。

もうすぐ夜になるので、今日は野宿だ。キリルと二人きりで。

「ねえ、キリル」

テントを張りながら、ギギは傍らのキリルに声をかける。

「何だ？」

「これから北トリサへ向かうんだよね」

「ああ。しばらくはそこに潜伏する予定だ。リザの結婚を見届けたら、東トリサに留まらず、どこか別の場所へ移るのもありだな」

「……キリルは、それでいいの？」

ギギと一緒にいるということは、ビエルイ王国の目を逃れて潜伏しながら生きなければならないということだ。身分を捨てたとはいえ、この先、厄介事に巻き込まれる可能性がないわけじゃない。

「今更何を言っている。ギギに拾われたあの日から、俺の居場所はあんたの傍だけだ」

その言葉が嘘偽りない真実のものであると、彼の紫色の瞳が雄弁に語っている。苦しさと切なさに胸を締めつけられつつも、ギギは震える声で告げた。

「キリル……ありがとう。一緒にいてくれて。私を選んでくれて」

彼がいてくれたから、ギギは今もこうして立っていられるのだ。そして、この先もキリルはギギと共に生きる道を選んでくれた。その想いだけで、ギギは誰よりも幸せである。

二人で建てた簡易テントの中で、くっついて身を休める。

「ギギ、そこじゃない。こっちだろう」

「え……？」

キリルの腕が伸びてきて、ギギをさらに引き寄せる。

壊れものを扱うように優しく抱きしめられたギギは、完全に彼に体を預ける形になった。

「しかし、ついでとはいえ、北トリサへ行って復興に手を貸したいなんて、ギギも物好きだな。そう言うとは思っていたが……」

「助け合いの精神は大事よ？　あの戦いでは、東トリサだけではなく北トリサの被害も大きかったもの」

ギギが言うと、キリルは小さく息をはく。

「そうやって、北トリサにも信者を作っていくのだろう？　無意識に他人の懐柔をやってのけるところが凄いよな」

「……違うってば」

頬を膨らませて反論すると、キリルはクスリと笑って腕の力を強めた。

「まあいいさ、それがギギだから」

全てを受け入れたような……諦めたような表情のキリルは、今までの頑なな彼とは少し違って見える。

「俺は、そんなギギだから、こうして共にいたいと思うんだ」

優しく髪を撫でられ、後ろから肩に頭を乗せてくるキリル。彼はギギの全てを受け入れてくれる。

キリルに触れられているうちに、いつの間にかギギは眠りの世界へ旅立っていた。

翌日、午前中にキリルと共に北トリサへ到着したギギは、まぶしい笑顔のヴィルカに迎え入れられた。

「ギギー！　会いたかったよー！」

「ヴィルカ、久しぶり。元気にしてた？」

「うん、復興作業でかなり忙しいけどね。もうヘトヘトだよ」

癒して～と抱きついてくるヴィルカを、眉間にしわを寄せたキリルが制止する。

ザウルがいなくなった北トリサだが、その後はヴィルカが新たな部族長となり民を纏めていた。父親と同じ考えの持ち主だったヴィルカの兄は分が悪くなり、母親とどこかへ逃走したらしい。現在捜索中だが、草原が広すぎてまだ見つかっていないとのこと。

ヴィルカの母親を虐めていた他の妃たちやその子供は、それぞれの実家へ戻された。

同じ部族内なので気まずい思いもあるだろうが、集落は点在しているので折り合いをつけて生きていくしかない。

「大変だね、ヴィルカも」

ギギがそう言うと、彼は苦笑を浮かべた。

「俺も部族長なんてやりたくなかったんだけどなあ。他にやる奴がいなくて。とりあえず押しつけられることになったんだ」

「頑張れ！」

ギギが拳を握りガッツポーズを見せながら応援すると、ヴィルカはにんまり笑って口を開く。

「ギギが傍にいてくれたら、もっと頑張れるんだけど？　どう？　俺の嫁になる件は考えてくれた？　アルセニーの奴は妹ちゃんを嫁にもらう予定なんだろ？　だったら、俺はギギを娶りたいな」

そんな彼の言葉に、ギギは緩くかぶりを振る。

「今の私は王女じゃないわ。ギギ王女は死んだの。ここにいる私は、ただの一般人で、北トリサの部族長の伴侶に相応しくない」

「俺は気にしない」

「それに……ごめんなさい。私はキリルと一緒に生きると決めたの」

そう告げると、ヴィルカは頭の後ろで腕を組んで大げさにのけ反ってみせた。

「あーあー。実を言うと、そうなると思っていたんだ。いいよな、役職に縛られない自由な奴はさ」

キリルはいつもの冷徹な表情でヴィルカを一瞥した後、不思議そうに言った。

「何でだ？　俺は部族長でも関係ない。そんな地位は捨ててギギと生きる」

「簡単に言ってくれるね」

「他の人間は関係ない。俺にはギギだけだから」

あっさりと言ってのけたキリルは、ヴィルカを警戒しながらギギの手を引っ張り自分の方へ引き寄せる。

ギギは勢い余ってキリルの胸に飛び込んでしまった。

「ちょっと、キリル……うっ⁉」

ギギの抗議は抱擁で封じられ、キリルが言葉を続ける。

「そういうことだから。外野は引っ込んでいるんだな」

「……前々から思っていたけど、キリルって無駄に偉そうだよねえ」

呆れたようにそう言いつつも、ヴィルカは笑ってギギたちを集落に迎え入れてくれる。厄介な相手だとわかっているのに、救いの手を差し伸べてくれたのだ。

「二人には世話になったから。これくらいはさせてよ」

ヴィルカに感謝の気持ちしかないギギは、北トリサの復興で恩返しをしたいとやる気に燃えた。豪奢(ごうしゃ)ではないが広めのテントを用意してもらい、ギギたちはそこでヴィルカの手伝いをしつつ、今後の経過を見守ることとなった。

ビエルイ側には、もうじきギギが襲われた情報が伝えられる。

捕らえられたザウルは処刑され、その首はビエルイに引き渡される予定だ。東トリサ、北トリサ共に、引き続き自治を許可されることと引き換えに、喜んでザウルを差し出すという設定で。

これで辺境はしばらくの間は安泰だろう。ビエルイもいちいち辺境に構っていられないのが現状だ。

そして東トリサには、ギギの代理として妹のリザがやって来るはず。他の王女が辺境行きを拒否している現状、まずリザが花嫁に選ばれるに違いない。

ギギは妹の結婚が上手くいくよう、心の中で祈るのだった。

※

リザの輿(こし)入れの日がやって来た。

シューラから諸々(もろもろ)の報告を受けた国王は、こちらの思惑どおりリザをアルセニーのもとに嫁(とつ)がせたのだ。

そしてギギの時のようなことはなく、花嫁一行は無事に東トリサに辿（たど）り着いている。

こっそり結婚の儀に参列するギギは、ソワソワと落ち着かない。

母ポリーナも同じ気持ちらしく、先ほどから見当違いな行動ばかり取っており、両トリサ族たちに生温かい目で見られていた。

ギギの事件のこともあり、リザの花嫁行列は護衛の人数が多い。

その中には、使用人の子供や数名の後宮メイドや、元孤児たちもいた。もちろん、色々な手配に動いてくれたシューラもいる。

東トリサに着いた彼らは、それぞれの仕事をしつつ、リザの結婚を見守っていた。

（かなり人数が多いわね）

ギギはドキドキしながらその様子を見つめる。

今は、北トリサのフードつきの民族衣装を着て、人々の中に交じっている。北トリサ側の参列者と共に、東トリサまでやって来たのだ。

（ああ、リザちゃんの花嫁姿が楽しみだわ……！）

鼻息荒く興奮していると、隣にいるキリルが「落ち着け」と窘（たしな）めた。

「だって、これが落ち着いていられる⁉　花嫁衣装を着たリザちゃんは、きっときれいだわ」

「トリサ族の民族衣装を着たギギもきれいだ」

「……っ！」

キリルに褒（ほ）められたギギは、頬を熱くした。

石造りの城の前にある、一際大きなテントとその前の広場が会場だ。他にも数個のテントが点在しており、それぞれ客の待機室となっていたり、食事が置かれたりしていた。

広場の中心に集まり花嫁の到着を待っていると、飾りをつけた白馬が数頭歩いてきて、そのうちの一頭にアルセニーに抱きかかえられたリザが乗っていた。

「リザちゃん！」

思わず叫んだギギの声に、妹が反応する。

「お姉……じゃなくて、一参列者さん！」

嬉しそうに手を振ったリザは、ギギとポリーナの姿を確認し、安堵の息をついた。

だが、ギギたちはすでにいないことになっており、ここでは公に家族として触れ合うことはできない。それだけが残念だった。

リザの衣装は、裾が短めでふわふわした可愛らしいドレスだ。

美しいリザを見つめながら、ギギは今後について考えた。

もしこの後、キリルと北トリサへ戻るとしても、ポリーナやリザはこの地に置いていくことになる。

輿入れした王女にはしばらくビエルイの目が向くだろうし、リザはアルセニーの妻として生きていくことを望んでいる。ポリーナも、のんびりとした東トリサに定住する方が性に合っているだろう。

その辺りは、アルセニーが何とかしてくれるはずだ。

花嫁姿を遠目に眺めていると、ギギを発見した元孤児たちが駆け寄ってきた。孤児院を出て独立した彼らは、ギギの脱出とリザの結婚を祝うために辺境まで来てしまったのだ。

「ギギ様……！　じゃなくて、えっと、王女と同名のギギさん？」

「ふふ、なあに？　王女と同名の庶民に何か用かしら？」

冗談めかして笑うギギを見て、元孤児たちの目がキラキラ輝く。

「あのね、私たち、ギギ様……ギギさんに会いたかったの。あなたの力になりたくて、この場所まで来たのよ」

「そんな必要ないわよ。あなたたちの好きな場所で、好きなことをすればいいの」

「じゃあ、ギギさんについて行くわ」

一人の女の子がそう言うと、その他の孤児たちも「自分も行く」と口々に言う。

幼かった彼らも成長し、今や頼もしい大人になっていた。

「私は伯爵様の屋敷で働きながら、外国語の勉強をしていたの。きっとギギさんの役に立てるわ」

「僕は計算が得意。商人の仕事をしていて、こっちに拠点を作ることになったんだ」

「俺は建築関連の仕事をしていた。この辺境でも役に立てるはずだ」

などなど、それぞれに様々な技術を身につけた子供たちは、自信たっぷりにギギに自分を売り込んだ。

可愛かった子供たちが立派に育ち、ギギも感無量だ。

「でも、私は今、北トリサにお世話になっている身。これからどうなるかもわからないわよ？」

「どこまでもついて行きます」

子供たちの言葉を聞いたキリルは、ちょっと嫌そうにその様子を見ていた。

「しつこい奴らだ」

彼の言葉に子供たちが反論する。

「キリル、お前だけには言われたくない」

「そうだ、そうだ！」

話をしているうちに、いよいよ結婚の儀式が始まり、広場の中央にリザとアルセニーが並んだ。

辺境ではハーブの入ったお酒を酌み交わして夫婦になることを誓う。未成年で酒の飲めないリザは、ハーブ水で代用していた。

こういう部分に気の回るアルセニーは、素敵な夫となるだろう。

（私の目に狂いはなかったわ……！）

改めて、リザとアルセニーの結婚を祝福するギギだった。

そうしている間に、リザとアルセニーが微笑み合いながら夫婦の誓いを述べている。もじもじとしていて、初々しい。

その様子を、ギギはじっと見守っていた。

（寂しいけれど、リザちゃんが幸せそうで良かった）

儀式が終わり、皆で花を撒いて二人を祝福する。こうして、リザは次期東トリサ族長の花嫁になった。

その後、ギギは近くのテントで休憩することにした。

食べ物を取ってくるためにキリルが席を外している間、シューラがギギの傍にやって来る。

「ギギ様、あれから何も変わりありませんでしたか？」

「ええ、大丈夫。無事に北トリサに到着したし、良くしてもらっているわ」

「……安心しました」

微笑んだシューラは今、何故か男性の格好をしている。彼はいつも、リザの作った服で女装していた。

それは、かつて命を狙ってきた宰相を警戒してのことだった。

「ところで、ギギ様。あなたは……キリルを選んだのですね」

「えっ？」

シューラの言葉の意味がわからず、ギギは思わず聞き返す。

「ずっと、あなたに好意を抱いていました。その様子では、まったく気づいていなかったようですね。出会った時からなんですよ？」

シューラはそう言って少し寂しそうに笑った。

「……ご、ごめんなさい」

ギギはあまりの自分の鈍さに嫌気が差す。

「良いんですよ。身分に遠慮して強く迫れなかったのは私ですから。女装姿を活かして迫れるチャンスは沢山あったのに」

けれど、そういう紳士的な部分こそ、貴族育ちのシューラの持ち味だ。

「ありがとう」

ギギが礼を言うと、シューラはそっと微笑(ほほえ)む。

「シューラ。これから、あなたはどうするの？」

「……実は、孤児院の院長の仕事を本格的に継ごうかと思って。ギギ様が後宮で危険にさらされる心配はなくなりましたし」

「院長って、確か裏の仕事もしているのよね。おかげで色々助かっている面もあるけれど」

ギギが顎(あご)に手を当てながら言うと、シューラは困ったように笑う。

「ええ。院長も今はビエルイに留まらず、手広くやっているみたいですし。それを継ぐことで、今後もギギ様の役に立てると思うんです」

「それはありがたいけれど……あなたは、それで良いの？」

「ええ、そうしたいんです。本当は同行したいですが、僕は戦闘方面がからっきしなので。そちらを磨きつつ、影ながらギギ様をお支えします。困った時はいつでも連絡してくださいね」

「ええ、ありがとう、シューラ」

「しばらくは、東トリサと王都の間を行ったり来たりしておりますので」

シューラは死んだ彼の父親とはまったく似ておらず、自分のことを良く理解している。経歴も詐称しているようだし、目立った動きをしなければ、きっと宰相にも気づかれないだろう。

「あなたの未来が良いものになるよう、祈っているわ」

答えると、そのタイミングを狙ったかのように、シューラがギギの手の甲に口づけた。

「……っ!?」

目を見開くギギを余所に、シューラは余裕の表情で去っていく。

突然のことに、ギギは呆気に取られて立ち竦んでいた。

(そっか……私、何も知らなかったんだな)

他の子供たちがそうであるように、シューラも成長しているのだ。

色々な感情が込み上げてきたギギは、一人でそっとテントを出た。

エピローグ

その後、ギギとキリルは北トリサに向かい、ひっそりと平和な日々を送っていた。

リザからは頻繁に手紙が来る。彼女はアルセニーの妻として、毎日忙しくすごしているようで、早くも妊娠しているとか。

一時は旅に出ることも視野に入れていたギギだが、色々あって北トリサに引き留められ、今は集落でキリルと共にのんびり生活していた。

何故か、その集落にはかつて縁を築いた子供たちが沢山やって来て、居着いてしまっているけれど……

（どうしてこうなった）

何だか知らないうちに、ギギは小さな集落の聖女のような立ち位置になっている。

しかも、怖いことに誰も異を唱えない。

とはいえ、ギギは人々から牧畜や狩りを教わり、離宮や別荘で培った農耕の技術を提供しながら、北トリサの住人と仲良くやっている。

「まったく、ギギが信者を惹きつけるから……やたらと子沢山になったな」

テントの中から北トリサの人々と共に働く元孤児たちの様子を見ていると、傍にいたキリルが愚痴をこぼした。

「子沢山って……いや、まあ、そうなんだけど」

農業に詳しい者や細工に長けた者、商人をしている者や宿を営んでいた者。様々な技能を持った子供たちが集結し、やたらと豪華な集落になってしまった。

しかも、その集落を守るのは、キリル率いる最強の護衛軍団である。キリルには妙なカリスマ性があるらしく、彼のもとで学びたいという者が集まったようだ。やっぱり、元王族だからだろうか。

懸命に剣の扱い方を教えるキリルを見て、今までは他人と関わる気がゼロだっただけで、やればできる子なのだとギギは誇らしく思った。

「相変わらず、ギギは子供に甘いな」

「仕方がないでしょう？　子供が好きなのよ」

過去を思い返しながら返答するギギに、キリルは頷いた。

ギギの肩を抱きつつ上機嫌で目を細めるキリルは、爆弾発言を投下する。

「そろそろ自分の子供が欲しいとは思わないか？」

「…………はぇ？」

ぽかんと口を開けるギギに、キリルは「鈍い」とため息をつく。呆れた様子のキリルを見つめ、ギギは今しがた彼が口にしたことをゆっくり咀嚼する。

（え、えっと、もしかして……）

ギギが思い当たったのを察して、キリルがにやりと口の端を上げる。

「もちろん、俺とギギの子だ」

「ええっ……!?」

「きっと可愛いだろう。俺は良い父親になる自信がある」

どの口がそんなことを言うのかと思わず言いそうになったが、ギギに甘い彼なら子煩悩な父親になりそうな気もした。

「もちろん、一番はギギだ。子供とはいえ、二人の時間を邪魔することは許さない」

キリルが斜め上方向へ思考を爆進させるのはいつものことだが、ツッコミが追いつかない。

冷静に言葉を返そうとするものの、愛おしげに頬を撫でられ思考が溶けていく。

「ギギは子供が好きだろう？」

「そ、そうだけど……」

「俺のことも好きだろう？」

「ええ、そうね」

「なら、何も問題ないじゃないか」

「ええ、そ…………んな。何だか誘導されてない？」

「チッ」

勢いでつい頷きそうになってしまったが、思考が通常に戻った。問題大ありだ。

ギギたちは、まだ結婚すら……婚約すらしていない。

そのことを指摘すると、キリルはきょとんと首を傾げた。

「そんなものが必要か？」

「えっ……？　何を言っているの？」

「俺たちは、もう王族じゃない。ただの庶民だろう？　そんな堅苦しい儀式をわざわざ行わなくても夫婦になれる」

「いや、でも……」

キリルのビックリな思考回路に戸惑っていると、彼は何故か一人で納得し始めた。

「確かに花嫁衣装を着たギギは美しかった。ギギの人生で唯一着た花嫁衣装が、アルセニーのためのものだったなんて嫌すぎる」

「そういう問題じゃなくて」

「ただ……ギギの花嫁姿を大勢に見られたくない。いっそ監禁……」

一人思考に沈んでいたキリルが、はたと気づいたように目を見開く。

「おーい、キリルさん、戻っていらっしゃい〜？」

ゆさゆさとキリルを揺さぶり、ギギは彼を現実の世界へ戻した。

「ギギはどうして、そう素っ気ないんだ？　まるで、俺ばかりがあんたのことを好きみたいだ」

キリルは捨てられた子犬みたいな目をして、ギギを見つめる。

「そんなことない。けど……」

けれど、キリルの言うとおり、自分の気持ちを伝えることが少ないかもしれない。キリルは、そのことを不安に思っているのだろう。

罪悪感を覚えてキリルを見ると、彼はギギにすがるような目を向けて呟いた。

「なら……ギギからキスしてくれるか？」

「へぁっ？　何故に⁉」

瞳孔の裂けた紫色の目が細められる。

「俺はギギから積極的にそういうことをされた覚えがない。今までの人生で、一度もだ」

「ええと……？」

「好き合った間柄だというのに、一方通行で寂しいんだよな……」

間近に迫った彼の瞳が揺れている。ギギは僅かに胸が痛んだ。

（そうよね、私はいつもキリルに与えてもらってばかりだわ。彼が積極的なのに甘えて、自分では何もしてこなかった。こんなのじゃ、恋人失格よね）

今こそ、勇気を出して彼の気持ちに応えるべきではないだろうか。

「キ、キリル……目、瞑って？」

「――っ！」

ゴクリと喉を鳴らし、キリルは言われたとおりに目を閉じた。

彼の速い心音がギギの耳に届く。

（キリルも緊張しているんだわ）

そんな彼に愛おしい気持ちがさらに込み上げて、ギギはそっと唇を寄せた。

柔らかくて少し冷たい感触が、唇を通して伝わってくる。

ドキドキしながら唇を離そうとすると、ぎゅっと頭を固定されてキリルの方から強く口づけられた。

「ん、んうぅ？」

狼狽えるギギだが、キリルの唇は離れない。

深く舌を割り入れられ、息すらつけないほどに求められる。だんだん本気で息苦しくなってきたギギは、ドンドンとキリルの胸を叩いた。

「んー！　んんんーっ！」

酸欠になる直前、キリルは名残惜しげに唇を放す。伏せられた銀色の長い睫毛が妙に色っぽい。

「はあっ、はあっ、窒息するかと思った」

荒く呼吸しながら呟くギギとは対照的に、キリルは満足そうだ。普段は絶対に見せない天使のような笑みを浮かべている。

「ギギ、もっとしたい……」

熱を帯びた龍族の瞳がギギを捕らえる。その瞳孔はもちろん、縦に裂けていた。

「あれだけでは足りない……続きを」

「ス、ススス、ストーップ！」

また流されそうになったギギは慌てて制止する……が、キリルの勢いは止まらない。

「ギギ……駄目か？」

上目遣いでウルウルと懇願するキリルは、絶対にギギがこの表情に弱いと知ってやっている。確信犯だと理解しつつも、そんな彼にあらがえない。

「もっ、もう、しょうがないわね」

結局、彼に甘いギギは、あっさりと流されてしまうのだった。

※

数年後……

秋の空に牧歌的な空気が漂う北トリサの集落では、作物の収穫が大々的に行われていた。

集落の住人たちは古参も新参も、老いも若きも一生懸命働いている。

この数年間で北トリサは飛躍的な発展を遂げた。

特にギギの住むこの場所は、牧畜でも農業でも成功し、商業の拠点としても発展しているのだ。

辺境の小部族とはいえ、近隣の小国より力を持っている。

東トリサも同様に、ますます力をつけていた。

ビエルイ国王は代替わりしたが、今までの王族貴族の汚職の横行などで国が荒れ、内政の改革に追われている。そのため辺境へ目を配る余裕がないようだ。

仕事に追われすぎた宰相は、体を壊して療養中だとか。

王妃は後宮にいた頃と変わらず散財を続け、新しい王はそんな母親の言いなり。ビエルイ王国は、もう長く保たないかもしれないと、先日シューラが語っていた。

ギギとキリルは、正式に夫婦になった。

北トリサの集落内で挙げた結婚式には、世界各地からギギと縁のある子供たちや知り合いが集まり、予想に反して盛大なものとなった。

なお、その際、新郎は片時も新婦を放さず、儀式が終わると同時に彼女を連れ去った。その後、数日間、夫婦は建物の外に姿を現さなかった、と北トリサの人々は半笑いで語る。

もちろん、その理由は、キリルの理性が崩壊してしまったからなのだが。

今、ギギのお腹の中には新しい命が宿っている。キリルとの間にできた子供だ。

自室に入り、優しくお腹を撫(な)でると、触れた部分がムニュムニュッと動いた。

(元気そうだわ)

近くの椅子に座り、建物の窓からじっと外の様子を眺(なが)めていると、扉が開いて後ろからキリルが歩いてくる。

「外の様子が気になるのか？」

「キリル……ええ、そうね。この体では何も手伝うことができないけど」

外には野菜の収穫をしている人々が慌ただしく行き交っている様子が見えた。その中に参加できないのは、割と辛い。

そう伝えると、キリルは紫色の目を細めて言った。

「当たり前だ、そんな無茶は許さない。この建物からギギが外に出ることさえ、心配で心配でたまらないんだ。やっぱり、閉じ込めてしまいたい」

救いようのない過保護である。そして、少し危ない。

彼はまだ、監禁思考を捨ててはいないようだ。いつになったら諦めてくれるのだろうか、とギギは小さくため息をついた。

「大丈夫よ。子供じゃないんだから」

「はぁ……子供じゃないから心配なんだがな」

キリルは後ろからギギの肩に顎を乗せ、彼女の腹にそっと手を回した。

「ねえ、キリル」

彼の手に自分の手を重ねたギギが、ためらいがちに問いかける。

「今、幸せ？」

尋ねると、彼はさも当然だというように答えた。

「ギギのいるところなら、俺はどこでも幸せだ。ましてや家族になれたんだ。俺が望む最高の形で」

あと一ヶ月ほどで、ギギとキリルには一人家族が増える。そうなれば、もっと幸せになれるに違いない。

この先どうなるかわからないけれど、ギギやキリル、そして大勢の子供たちは、この集落で穏やかに暮らしていくだろう。

北トリサが、『癒しの聖女』を信仰する世界有数の宗教国家に発展するのは、もう少し後の話である。

この作品に対する皆様のご意見・ご感想をお待ちしております。

おハガキ・お手紙は以下の宛先にお送りください。

【宛先】

〒150-6005 東京都渋谷区恵比寿 4-20-3 恵比寿ｶﾞｰﾃﾞﾝﾌﾟﾚｲｽﾀﾜｰ 5F
（株）アルファポリス　書籍感想係

メールフォームでのご意見・ご感想は右のＱＲコードから、
あるいは以下のワードで検索をかけてください。

アルファポリス　書籍の感想

ご感想はこちらから

わたし、異世界で癒しの聖女になったらしいです

桜あげは（さくらあげは）

2019年 5月 7日初版発行

編集－古内沙知・反田理美
編集長－塙綾子
発行者－梶本雄介
発行所－株式会社アルファポリス
〒150-6005 東京都渋谷区恵比寿4-20-3 恵比寿ｶﾞｰﾃﾞﾝﾌﾟﾚｲｽﾀﾜｰ5F
TEL 03-6277-1601（営業） 03-6277-1602（編集）
URL http://www.alphapolis.co.jp/
発売元－株式会社星雲社
〒112-0005 東京都文京区水道1-3-30
TEL 03-3868-3275
装丁・本文イラストーkrage
装丁デザインーAFTERGLOW
（レーベルフォーマットデザイン―ansyyqdesign）
印刷－中央精版印刷株式会社

価格はカバーに表示されてあります。

落丁乱丁の場合はアルファポリスまでご連絡ください。

送料は小社負担でお取り替えします。


ISBN978-4-434-25915-9 C0093